水曜日が消えた

Gone
Wednesday

Issei Honda
本田壱成

聞こえているのは、甲高《かんだか》い音。
鏡と花弁が降り注ぐ灰色の世界を、休むことなく満たし続けている。
小さな四角い青空に、ぽつんと現れた一つの影が――
七つに分かれて消えていく、その瞬間まで。

第一章

火曜日の憂《ゆう》鬱《うつ》

Gone Wednesday

episode 01

Tuesday

1

僕はあまり夢を見ない。

叶《かな》えたいこと、という意味じゃない。夜、眠っている間に見るものの方だ。こんな話をすると、主治医である安藤《あんどう》先生はいつも微笑《ほほえ》みながら「さもありなん、だ」と頷《うなず》いてみせる。

「そもそも、だよ。君が睡眠時に夢を見たとして、それは果たしていつのことなのか。これがもうわからない」

先生の言うことは、少し回りくどいけれど、大抵正しい。

「一日の終わりにベッドに潜り込んでから、日を跨《また》ぐまでの間なのか。それとも、一日の始まりに目覚める前なのか——君にとって、この二つは全く異なるものだからね」

そうなのだ。睡眠時間一つをとっても、どこまでが自分の時間かはっきりしない。こんな体たらくなのだから、僕が夢をうまく見られないのは当然のことだった。

たびたび家を訪ねてくる一ノ瀬《いちのせ》なんかは、同じ話を聞いても「ほおお、勿体《もったい》ないねえ」なんて笑うだけで、僕を気遣《きづか》う気配はこれっぽっちもない。こちらの事情を全《すべ》てわかったうえでからかっているのだ。何とも困った奴《やつ》だった。

ともあれ僕はそんな調子なので、日々の中で珍しく夢を見た時は、目覚めても憶《おぼ》えていることが多い。だから、自分が見る夢がいつも同じであることも知っている。

ただずうっと、よくわからない景色を眺《なが》め続けるだけの夢。

僕の身体《からだ》は小学生に戻って、うつ伏せに倒れている。頬《ほお》を擦《こす》り付《つ》けた地面は、のっぺりとした灰色だ。天からは鏡の欠片《かけら》や花弁が降り続けていて、そのうちの一つ、一際大きな鏡が地面の上で青空を映している。

身体を動かせない僕は、その青色を見つめることしかできない。そんな夢だ。

なんてつまらない夢だろう、と自分で思う。ただでさえ夢をあまり見ない僕なのに、唯一見るものがこれというのは情けないどころの話じゃない。

もうちょっと、こう、あるだろう。楽しいやつとか、癒《いや》されるやつとか。

だから僕は、珍しく見た夢から目覚める瞬間には、いつもひどく憂鬱《ゆううつ》な気分になる。目覚めた先に待っているのが、一週間で一番つまらない曜日であることを思えば尚更《なおさら》だ。


五月十二日の火曜日も、そんな憂鬱な朝だった。


最初に思ったのは、少し寒いな、ということ。どうやら、身体に布団が掛かっていないらしい。そっと瞼《まぶた》を開くと、自宅の寝室の天井が目に入った。

ずきり、と右手に鈍《にぶ》い痛みが走る。

腕を持ち上げて、指先を視界に入れる。夢の中とは似ても似つかない、二十六歳の男の節くれ立った指。人差し指と中指に、絆創膏《ばんそうこう》が巻かれていた。

小さく、溜《た》め息《いき》を吐《つ》いた。

（よりにもよって……ハズレの日、か）

身体を起こす。案の定、僕は寝巻きを着ていない。よれよれのTシャツに、脱げかかったジーンズ。シャツの胸元を鼻に近付けると、煙草《たばこ》と汗とその他《ほか》よくわからないものが混じり合った強烈な匂《にお》いがした。

ベッド脇《わき》の机に視線をやると、そこには山ほどの酒瓶《さかびん》や空き缶がある。昨日の僕はここで思い切り酒を呷《あお》った後、シャワーを浴びることさえせずベッドに身を投じたのだ。次の日のことを歯牙《しが》にもかけない蛮行だった。

「……はあ」

今度の溜め息は、さっきよりもずっと深い。憂鬱どころじゃない。最悪の気分だった。

何が最悪かって、こんな朝は僕にとって全然初めてじゃないというのが最悪だった。

何せ、そう、火曜日の前は月曜日なのだから。

この世の不条理を恨みながら、頬を叩《たた》く。気を取り直して、まずはシャワーを浴びることにしよう。いや、先に部屋を片付けるべきだろうか。そこまで考えたところで――

「……んんっ」

どこからか、小さな声がした。

やけに可愛《かわい》らしい、まるで寝言のような声だ。僕の背中に、冷たいものが走る。そういえば、と思う。どうして僕は、布団を掛けていなかったのだろう。熱帯夜が続く夏ならともかく、今はまだ五月だ。

ぶるり、と身体が僅《わず》かに震えた。

（まさか……）

恐る恐る、視線を動かしていく。ベッド脇の机から、まるで振り返るように——なぜかベッドの端《はし》に寝ていた僕の隣へと。

果たせるかな、そこには僕以外の人間がいた。本来僕が使っているはずの掛け布団にくるまって、安らかな寝息を立てる人間が一人。女性だった。睫毛《まつげ》が長く、顔立ちがはっきりとしている、なかなかの美人な——女性だった。

女性の瞼が、ゆっくりと開かれる。僕は何も考えられない。特に、女性がくるまっている掛け布団の中身がどうなっているかなんて、考えたくもなかった。

寝ぼけた瞳《ひとみ》が、僕を捉《とら》えた。女性は柔らかく微笑む。形のよい唇《くちびる》が開かれて——

「……おはよっ」

自分のものとは思えない、まるで女の子みたいな悲鳴が、寝室にこだました。

「ちょっと、どういうこと？」

開いた玄関ドアから洩《も》れ入る朝日に目を細めつつ、女性が金切り声を上げる。

「すみません。ごめんなさい」腕を伸ばしてドアを押しながら、僕は頭を下げた。「お願いだから帰って下さい」

踏《ふ》み潰《つぶ》さんばかりの勢いで、女性の足が赤いハイヒールに突っ込まれる。僕に急《せ》かされたせいでうまく穿《は》けずたるんだストッキングに、ますます深い皺《しわ》が寄った。

「サイテー、ほんとサイテー！」

「すみません」

「誘ってきたのはアンタでしょ！」

「ごめんなさい。でも、それは僕じゃ、な、なくて……」

寝室から抱《かか》えてきた、女物のバッグを差し出す。

「うるさい！　うるさい！　うるさい！　もう二度と来るもんか！」

女性はそれをひったくるように受け取って、玄関を飛び出す。そのまま朝日の中を数歩進んだ後、何を思ったか一度立ち止まった。

しゃがんだ彼女が、ハイヒールの踵《かかと》に指を入れる。

「このソーロー野郎！」

額に衝撃が走る。僕が玄関に尻餅《しりもち》をついたのと、ドアが閉まったのは同時だった。

滲《にじ》むように掠《かす》れた視界の中、額に手を当てて唸《うな》る。

「それも……僕じゃない……」

傍《かたわ》らには、赤いハイヒールの片方だけが、上品に艶《つや》めきながら転がっていた。

涙ぐみつつ、立ち上がる。すっかり散らかった七足の靴を綺麗《きれい》に並べ、一足だけ潰れている踵をもとに戻してから、ハイヒールを手に取る。少し悩んだ後、靴箱の上に置いた。いざ置いてみると、気の利いたインテリアのように見えるのが腹立たしい。

深く、溜め息を吐く。

理不尽な朝だった。どうしようもなく、理不尽な朝だった。

「部屋、片付けないと……」

のろのろと階段を上がって寝室に戻り、窓をブラインドとともに開け放つ。酸欠の金魚みたいに澄んだ空気を吸い込んでから、荒れた室内を見回す。瓶《びん》と缶が山を作った机のすぐ近くに、空のコンビニ袋が投げ出されていた。

丁度いい、とそれを手に取って、山を崩しにかかる。

無造作《むぞうさ》に瓶と缶を袋に投げ込んでいく。山の半分がなくなると、その下に埋もれていたものが姿を現した。吸い殻だらけの灰皿だ。傍らには、正方形の付箋《ふせん》が貼《は》ってある。

【(火) ごめん、あとよろしく】

ほとんど読み取れないくらいの走り書きで、そう書かれていた。

急激に、怒りが湧《わ》き上がる。付箋の色は、赤だった。落ち着きのない尖《とが》った色。月曜日からのメッセージだ。

付箋の上には銀紙に包まれたチョコが一欠片、添えられていた。

「こんなもので……っ」

赤い付箋を乱暴に剝《は》がし、チョコと一緒にポケットに突っ込む。ベッドの枕元《まくらもと》の棚を開けて、未使用の付箋の束《たば》とボールペンを取り出した。

落ち着いた青色の付箋に文字を刻んで、束から剝がす。そのまま灰皿の横に叩きつけると、ばん、と大きな音がした。

日差しとともに埃《ほこり》が踊る中、貼ったばかりの青色へと目を落とす。

【(月) 知らない人をベッドに入れるな!】

僕はずっと、火曜日だけを生きている。

一週間のうちでもっともつまらない曜日。何のイベントもない定休日だらけの平日。僕が生きているのは、そういう世界だ。

「周期性人格障害」——僕の症状について説明する時に、主治医の安藤先生はそんな言葉を使う。同じ症状を抱える人間は他に見つかっていないということで、僕一人のために考えられた呼称らしい。

先生は「もっといい名前をつけてあげればよかったなあ」とたまにぼやくけれど、僕はそう悪くない名前だと感じていた。特に周期性、というのがわかりやすくていい。

何せ僕の身体を動かしている人格は、まさに一定の周期で入れ替わるのだから。

具体的に言えば、一日ごと——夜の睡眠を境にして、「異なる自分」に替わるのだ。

人格は全部で七人いて、それは不思議なことに、現代の人々が使う暦《こよみ》における曜日の数と同じだった。だから、僕の症状を一番簡単な言葉で表すと、次のようになる。

僕の人格は、曜日ごとに切り替わる。

月曜日、火曜日、水曜日、木曜日、金曜日、土曜日、日曜日——曜日ごとに、それぞれ決まった人格が現れるのだ。

そのうちの一人、「火曜日」こそが僕だった。

先生が言うには、同じ脳から生まれているはずなのに、僕らの性格は一人たりとも同じじゃないらしい。もちろん、記憶も互いに引き継がれたりはしない。

自分が眠りに就《つ》いて、次に起きるまでの間に、自分以外の「曜日」が六人、同じ家で寝起きすることになる。会ったこともない他人と、顔を合わせないまま同居しているようなものだ。それが六人もいれば、必然的に様々な災難だって降りかかる。その同居人が自分と同じ名前を名乗り、自分の身体を使って生活するとなれば尚更だ。

そう、例えば、前日《月曜日》の自分が連れ込んだ女性のハイヒールが僕《火曜日》に命中することだって、全然おかしなことじゃあないのだった。

いったいどうして、こんな体質になってしまったのか。

こんな生活が、いつまで続くのか。

いつか、この身体の中にある人格が一つに戻る日は来るのか。

その時に残る人格は、いったい誰なのか。

幾つも浮かぶ自問に一つだって答えられないまま、僕は火曜日に生き続けている。

火曜日に起きて、火曜日に寝て、火曜日にまた目覚めて――

他の曜日の華やかな町を、知らないままに生きている。


僕らが暮らす一軒家は二階建てで、狭い土地面積からは信じられないくらい部屋数が多い。僕が幼《おさな》い頃に事故で死んだという両親のうち、父の方は当時気鋭の建築士だったらしい。そんな人間が手ずから設計したせいか、内装も随分と洒落《しゃれ》ている。

「勿体ないよね、こんな家に一人で暮らすなんてさ」

とは、この家を気ままに訪れる一ノ瀬が、決まって洩《も》らす呟《つぶや》きだ。ちなみにその呟きを聞いた時、僕はいつも頷かない。一人暮らしならば持て余す家でも、七人暮らしならば話は別なのだ。

ともあれそういう家なので、浴室も小さい割に明るく、気持ちのいい空間に仕立てられている。そんな浴室に立って蛇口を捻《ひね》ると、殺菌消毒にでも使いそうな熱湯がシャワーヘッドから飛び出した。

「――あっっっつ！」

浴室を出ても、熱湯を浴びた肩は赤く色付いたままだった。身体を拭《ふ》くのもそこそこに、折り畳まれた服のポケットから付箋を取り出す。

【シャワーの温度を上げたら戻して】

手早くそう書いて、浴室のドアに貼った。

この付箋が、僕ら七人の「曜日」が互いに意思を伝える手段だった。特定の曜日へ向けて伝えたいメッセージなら宛先《あてさき》を最初に書き、全員へ伝えるものなら書かない。最初は全員へ向けた時には「(全)」と書いていたのだけれど、自分宛《あ》てと間違えるのでやめてくれと金曜日から抗議が上がって、結局この形に落ち着いた。

ぱっと視界に入っただけで、自分宛てのメッセージかどうかを判別できるように——長年をかけて、僕らが確立したプロトコルだ。

自分の曜日は書かなくてもいい。付箋の色を見れば、どの曜日が貼った付箋なのかはすぐにわかるからだ。浴室の横の洗面台へ視線を注ぐ。大きな鏡の前に並べられた、七組のコップと歯ブラシ。左から、赤《月》、青《火》、黒《水》、茶《木》、緑《金》、紫《土》、黄《日》——僕ら七人の持ち物は全て、いつの間にかはっきりと色分けされるようになっていた。

青い付箋に、僕は宛先を記さなかった。昨日の月曜日はシャワーを浴びていないはずだから、熱湯シャワーの犯人は日曜日だろう。けれど、他に同じことをする曜日がいないとも限らない。全員に伝えるに越したことはなかった。

何せ僕以外の曜日ときたら、その大半がズボラな連中なのだ。

廊下のあちこちに脱ぎ散らかされた服を拾いつつ、リビングへ向かう。色合いから判断するに、月曜日と土曜日と日曜日の服が混じっていた。

「っていうかもう、埃だらけじゃん……後で掃除しないと……」

何とも情けないヘンゼルとグレーテルを演じていると、視界の端に引っ掛かるものがあった。廊下に据えられた本棚に、一枚の付箋が貼ってある。

【↑　適宜水をお願いします】

緑の付箋。宛先はなし。矢印の先を見ると、本棚の上部に小さな植木鉢が収まっている。

なるほど。金曜日《全員》は昔から園芸に凝《こ》っている。一階にある和室なんかは、今や盆栽やら何やらでちょっとした植物園みたいな有様《ありさま》になっていた。とうとうあいつは、その勢力を和室の外にまで広げる気になったらしい。

このままだと、一軒家全体が植物園になる日も遠くないだろう。浅く溜め息を吐いて、視線を落とす。足元に、小さな台が置いてあった。

台の上にはジョウロがある。子供が使うような、可愛らしい豚を象《かたど》ったジョウロだ。

「こんなの、どこで買ってきたんだ？」

ジョウロなら、普通は象だろう。金曜日の奴には、たまにこういうわからないところがある。訝《いぶか》しがりつつ持ち上げると、豚の内側《うちがわ》で水がちゃぷんと音を立てた。

「……仕方がないなあ」

我が家が植物園になってしまう可能性については、また後で心配することにしよう。

台に片足で載って、頭より上にある鉢へ豚の中身を流し込む。

三秒もしないうちに、鉢の縁から水が溢《あふ》れ出した。

「――っっつめた！」

本日二度目のシャワーを浴びた瞬間にはもう、頭のどこかで言葉が組み上がり始めている。ジョウロに貼るべき付箋の内容だ。ほとんど反射みたいなものだった。

【水をやった人は報告して】

【(金) 水やり指示は的確に！】

計二枚。こんなところか。なんて心の中で頷きながら、僕は台から転がり落ちる。


『おはようございます。五月十二日、火曜日です』

キッチンに並んだ七つのカップから青いものを取り、ミロの粉末を溶かしながら食卓へ向かうと、リビングのテレビからそんな声が聞こえてきた。

朝の情報番組がこの声を上げるのは、いつもなら僕が朝食を終える頃だ。今日は朝から災難が立て続けに起こったせいで、すっかり遅くなってしまった。

『火曜日の特集は、「うちのニャンコ」です。本日は――』

男性アナウンサーの声に合わせて、何とも可愛らしい猫が画面に現れる。

「火曜日の特集」と律儀に告げるからには、他の曜日では異なる特集が放送されているはずだけれど、それがどんなものかは知らない。順当に考えればどこかの曜日に「うちのワンコ」があるとして、平日だけでも残り三種類のペットがいるはずだった。

「……ウサギ、とか？」

食卓でフレンチトーストを頰張《ほおば》りながら、首を捻る。少し調べればわかるはずのことを、僕は今日に至るまで調べていない。

わかったところで、それを僕が観《み》られる訳じゃないからだ。

貫禄《かんろく》たっぷりに昼寝しているニャンコネーム「またたび」さんの家のルドルフちゃんから目を離して、手元に置いた冊子をめくる。紐《ひも》で綴《と》じられたそれは、僕らが毎日記している「報告書」だ。

一日の終わりに、何があったのかを記す。病院の安藤先生に提出するものであると同時に、僕ら同士で付箋に書ききれない情報を共有するためのものでもあった。一日の始まりに目を通しておかないと、どんな不都合が生じるかわからない。

報告書には一応のフォーマットが用意されているものの、長年書き続けるうちにどんどんとなあなあになっていき、今となってはほとんどの曜日が守っていない。ミロとフレンチトーストの異なる甘みを交互に味わいながら、ここ一週間の出来事を目で追った。

水曜日のページには、その日に行ったスポーツのトレーニング・メニューが箇条書きされている。木曜日は一日中仕事をしていたらしい。いつもなら隅《すみ》に描かれているイラストがないから、締め切りが近かったのかもしれない。金曜日にはびっしりと植物の成長記録が記されていて、土曜日はオンラインゲームのプレイ記録とよくわからないプログラミング専門用語のブレンドだ。日曜日のページには折り畳まれた和紙が綴じ込まれていて、べりりと広げてみると魚拓《ぎょたく》だった。紙面いっぱいに居座った魚の横には、筆で自慢げに「飛《とび》魚《うお》」と書いてある。月曜日にはフォーマット通り、一日のスケジュールが簡潔に記されており、その内容は品行方正そのものだ。けれど実は一番タチが悪いのがこの月曜日で、今朝僕を襲った理不尽を思い返せば明らかなように、そもそもあいつに夜、報告書を書く暇なんてあったはずがないのだ。大方これは昼間のうちに書いておいたものだろう。内容は全て嘘《うそ》に決まっていた。

留意するべき連絡事項はなし。全員ただ好き勝手に過ごしただけの一週間でした、という、実に正直な報告書だった。

「みんなもうちょっとこう、さあ……」

呆《あき》れかえりつつ、冊子を閉じる。いつものことながら、フォーマットに沿って真面目《まじめ》に書かれた丁度一週間前の火曜日《かようび》のページの浮きっぷりが凄《すさ》まじい。

「ちゃんとやろうよ、ほんと」

誰にも届かない呟きを洩らしてから、壁にかかった振り子時計を見上げる。八時三十分。もうじき、最寄りのゴミ捨て場に収集車がやってきてしまう時刻だった。

火曜はビン・カンの回収日だ。今朝がたコンビニ袋に投げ込んだ、大量の酒瓶を思い出す。うんざりしながら立ち上がったところで、僕は眉《まゆ》を顰《ひそ》めた。

「……なんだ？」

食卓のリモコンを手に取り、テレビの電源を切る。

「…………」

――やはり、そうだ。

二階から物音がする。

この家には今、動くものなんて僕しかいないはずなのに――

リビングを出て、玄関へ向かう。玄関のドアにはしっかりと鍵《かぎ》がかかっていた。並んだ靴も乱れていない。それを確認している間にも、二階からは音が響き続けている。

ごりごりごり、という、何かを擦るような不快な音。

どくん、と心臓が高鳴った。

意を決して、僕は二階へ歩を進める。自然と忍《しの》び足になっていた。

ごり。

ごりごり。

音は次第に大きくなっていく。間違いない。この家には今、僕以外の誰かがいる。何者だろうか。住人が在宅していてもお構いなしに侵入する空き巣がいる、という話は、テレビで聞いたことがあった。確か「居《い》空《あ》き」とか呼ばれていたはずだ。廊下に立てかけられたモップを手に取り、縋《すが》るように握った。

（でも、鍵はちゃんとかかってたよな……）

もちろん玄関だけじゃなく、一度開けた寝室の窓も閉めている。ブラインドだって下ろしたのをはっきりと憶えていた。たとえプロの空き巣だろうと、簡単に侵入できるはずがない——肉体というものを持っている限りは。

嫌な想像ばかりが、頭を過《よ》ぎっていく。そう、普段は考えないようにしているけれど、よりにもよってこの家は、設計者が悲劇の事故死を遂げた物件なのだ。

「いや、いやいや……猫、そう、猫だよ……」

どうやら物音は、寝室から聞こえてくるらしい。モップの柄《え》を握り直してから、恐る恐るドアを開ける。

寝室には、誰もいなかった。

部屋へ踏み入って、周囲を見回す。不自然なところは何もない。しかし、不快な音はまだ続いていた。ここまで近付けば、耳を澄ますまでもない。音は明らかに、寝室の窓の外から響いている。

ごり。

ごりごり、かつん。

ごりごりごり。

ごりごりごりごりごりごりごりごりごり。

ブラインドが下ろされた窓は、いくら視線を注いでも先を見通せない。心臓の高鳴りはもはや痛いくらいだ。

もう、自分を誤魔化すのも限界だった。猫じゃない。こんな音、猫に立てられる訳がない。そもそもこの窓の外には、ベランダなんて存在しないはずなのだ。

今すぐ踵《きびす》を返したい衝動を必死に抑えつけて、窓へ歩み寄る。震える指先で、ブラインドを僅かに押し下げた。生まれた隙間《すきま》をそっと覗《のぞ》き込《こ》んで——

僕は、見た。

眼《め》。

じっとりこちらへ向けられた、どろりと濁《にご》った二つの目玉を。

「あああーっ！」

2

「——修理だったんですよ。雨樋《あまどい》の」

足元に伸びる白線を見つめながら、僕は言う。

「前から漏ってたのを、土曜日が業者に頼んだみたいで。作業員のおじさんが言うには、面倒だから確認なしで始めちゃっていいですよーなんて言ってたらしくて——っとと」

まっすぐな線を辿《たど》って歩くだけのことも、いざ真剣にやってみると不思議な難しさがある。これぱかりは、何度やっても慣れそうにない。ふらついた身体を広げた両腕で立て直しつつ、言葉を続ける。

「頼むのはいいんですけど、そういうのって共有してくれないと困りますよね？　報告書にも書いてないし、付箋もないんだから……っていうか、業者の人も業者の人で、確認しないでいいよって言われて『はいそうですか』ってなります？　僕、思わず謝っちゃったんですけど、あれ謝る必要なかったですよね」

線の端まで辿り着いたら、そのまま回れ右をして、同じ線を逆向きに辿る。足元に注ぎ続けている僕の視界の外から、ひどくのんびりとした声が届いた。

「マイペースだからねえ、土曜日くんは」

顔を上げる。三脚に載せられた記録用カメラの向こうで、安藤先生が穏《おだ》やかに笑っていた。

場所は、病院のリハビリ室だ。僕の住む町は、有名な医学部を抱える大学を中心としたニュータウン――いわゆる学術都市を目指す町で、僕が通っているのはその大学の付属病院だった。

世間では大病院と呼ばれているだけあって、リハビリ室一つをとってもなかなか立派な部屋だ。小学校の体育館を思わせる広さの空間に、ベッドや様々なリハビリ器具が整然と並んでいる。もっとも僕は身体がうまく動かなかったりする訳じゃないから、それらのお世話になったことはないのだけれど。

「マイペースって……言い訳になります？　それ」

僕が口を尖らせても、ベッドの一台に胡座《あぐら》をかいた安藤先生は表情を変えない。先生の笑顔はいつも、商店街の軒先《のきさき》に人形として座っていそうな按配《あんばい》だ。

「言い訳じゃあないさ。かといってじゃあ何なのかと訊《き》かれると困ってしまうがね」

安藤先生は僕らの主治医で、昔からずっとこの身体の世話をしてくれている。六十歳くらいの男の人で、僕が知る限り白衣をぴしっと着こなしていたことは一度もない。今だって、どう見ても私服としか思えない皺だらけのジャンパーを羽織《はお》っている。

院内を歩いていても医師とわからないようなおじさんなのだけれど、これでいて脳科学の分野においては日本でも有数の権威らしい。一週間のうち僕らの診察に割《さ》ける時間は火曜の朝イチしかなく、他の曜日は日本中を飛び回っているというのだから相当だ。

そんな人に毎週欠かさず診《み》て貰《もら》えていることに、僕は感謝するべきなのだろうか。少しだけ考えて、頭を振る。いくら忙しいからといって、毎週の通院を火曜《ぼく》日だけの担当にするのはあんまりだ。たとえ恩があったとしても、恨みとの差し引きは限りなくゼロに近い。

ああ、このルーチンワークさえなかったら、僕の人生にはどれだけの可処分時間が増えることか。

黙って平衡《へいこう》感覚の検査を続ける僕へ向けて、安藤先生は言葉を継いだ。

「まあ、ぼくに言えるのは、自分とは違う個性の誰かに振り回されるのは、そう悪いことじゃあないということだな」

「先生は、たまにしか振り回されないから言えるんです。僕は毎日で、しかも相手は六人ですよ?」

「ふむ、今日の火曜日くんは随分とご立腹だ」ゆっくりと、先生はベッドに置かれたノートパソコンへ手を伸ばす。「音楽でも聴いて、リラックスするといい」

たん、とキーが叩かれると、パソコンから音楽が流れ出た。ゆるやかな弦楽器の旋律が、僕ら以外には誰もいないリハビリ室に反響した。バッハだ。

「……やめて下さい、それ」

「おや、嫌いなのかい? 『ブランデンブルク協奏曲第六番』。年輩の方には評判がいいんだがね」

「わざわざかけてくれなくても、今日、ここに来るまでだって聴いてきましたよ」

この町は学術都市を目指しているせいか、学校という存在が他の町よりも市民生活に深く食い込んでいる。僕の住む住宅地の近くにある小学校は、毎日の登下校の時間に、周囲の家々にまで聞こえる音量で児童の演奏したクラシック音楽を流すのだ。

朝夕の曲目はそれぞれ曜日ごとに決められているらしく、よりにもよって火曜の朝の選曲こそが、バッハの『ブランデンブルク協奏曲第六番』、第三楽章なのだった。

うん、と先生は頷く。

「今日はぼくも聴いたよ。通勤中にね。うまいもんだ」

「……それって、僕とほぼ同時に病院に来たってことじゃ」

「どうにも、朝は弱くてねえ。昔から治そうとはしているんだが、脳の不思議だな」

かっかっか、と先生は笑う。僕は深く息を吐いた。

「曜日ごとにローテーションで聴くならまだいいのかもしれませんけど、僕にとってはそうじゃないんです」

僕が目を覚ますのは、いつだって火曜日だ。毎日毎日毎日毎日、朝に家を出れば同じ旋律が聞こえてくる。これで飽きるなという方が無理な相談だった。

「そうか、それは残念だ。ぼくにとっては、心躍る音楽というやつなんだがね」

僕が無事に白線を辿りきったのを確認して、先生はカメラを止める。

「何せほら、この音楽を聴く朝というのは、君と会える日の朝だろう?」


色覚、聴覚など一通りの検査を終えた後に僕が通されるのは、安藤先生の研究室だ。いつ訪れても、呆れるほど雑然とした部屋だった。結構な広さがあるはずなのに、まともにスペースが確保されているのは作業用デスクの周りくらいで、他のデスクや棚は、積み上がった書類入りの段ボール箱にすっかり埋もれている。

書類はあちこちで箱から溢れ出して山を作っているものだから、先生が用意してくれた丸椅子《まるいす》に座っている間、僕はいつも気が気じゃない。ふとした拍子《ひょうし》に、書類が雪崩《なだれ》をうって襲いかかってくるような気がして仕方がないのだ。

「――『睡眠と生活サイクルの安定はあなたの安全のために重要であり、その一環として報告書の提出義務があります』」

デスクの前で高そうな椅子に座った先生が、手に持つ書類を読み上げる。口調は見事な棒読みだ。

「ええと、『担当医により処方された薬は、所定の時間に必ず服用して下さい』。飲んでいるよね？　ちゃんと」

僕は頷く。先生が言うには、僕らの人格が一日ごとにきっかり入れ替わるのは、朝晩に飲む錠剤によって「体内時計の調整」を行っているかららしい。これを飲まないという選択はありえない。周期的な入れ替わりでさえこんなに苦労をしているのだ。入れ替わりが不規則にでもなったらどんな目に遭うかなんて、想像したくもない。

今朝うんざりしながら片付けた酒盛りの跡にだって、錠剤の殻は転がっていた。あの月曜日ですら、薬の重要性は理解しているのだろう。

薬を酒と一緒に呷っていいのかについては、今日も尋《たず》ねない。尋ねられる訳がない。

「で、『夜は二十四時までに必ず就寝して下さい』『自らの姿を画像や動画の形で撮影する際は、必ず医師の指導のもと行って下さい』。だけど、『あなたの安全管理のために、あなたの生活を撮影することをご了承下さい』」

早口で書類を読み終えると、先生はデスクの上から一枚の紙を取る。

「はい、今月もよろしく」

差し出されたそれを、僕は受け取る。「治療同意書」と記された紙だ。一番下には、同意者がサインを記入する欄がある。その欄が七つも用意されているのが、いつもながら奇妙だった。

　僕の、じゃなく、僕ら全員の同意書。今日僕はこの書類を持ち帰って、報告書と一緒に棚に仕舞っておく。すると一週間後の朝には、書類のサイン欄に同じ名前が、けれど異なる筆跡で、きっかり七つ並んでいるという訳だ。

「ほほう」

　先生が声を上げた。デスクの隅のスキャナーから、読み取り終えた今週の報告書を取り出したのだ。

「今週の日曜日くんは、大漁だったんだねぇ」

　二つ折りの和紙が、先生の手で広げられていた。日曜日の魚拓だ。

「おおっ、トビウオだ」広げた和紙を僕に見せながら、先生は笑う。「食べたことはあるかい？　刺身にすると美味《うま》いんだな、これが」

「わかんないですよ。日曜日の魚は時々冷蔵庫に入ってますけど、種類までは……」

　言いながら、先生のデスクからマグカップを取る。中身は温かいミロだ。デスクにはもう一つ同じものが載っているけれど、先生はあまり口をつけようとしない。研究室に備えているにもかかわらず、おそらく先生はミロが好きじゃない。

　そっとミロを口に含んだところで、がたんと大きな音がした。

　音の響いた方を見ると、積み上がった書類のうち一山が崩れている。数秒の沈黙の後、歪《いびつ》な形になった山の向こうからのそりと人影が現れた。

「すみません。失礼しました」

知らない男の人だった。若いけれど、僕よりも随分と大人びている。三十代前半といったところだろうか。

安藤先生とはうって変わって皺一つないスーツを着こなした男の人は、ぺこりと僕へ頭を下げる。眉や鼻筋がぴしりと整った、なかなかの美形だ。

僕は安藤先生へ目配せをした。この部屋に先生以外の人がいるのは、かなり珍しいことだったからだ。

「ああ、丁度よかった」安藤先生が、のんびりとした口調で言う。「紹介しよう。昨日から研修で来ている——」

「新木《あらき》です」

そう名乗って、新木さんは山に埋もれたデスクの一台に、抱えていた段ボール箱を置く。どうやら、ずっとここで書類の整理をしていたらしい。

「先生には、学生の頃からお世話になっています」こちらへ歩み寄ってきた新木さんが、すっと手を差し出した。「よろしくお願いします」

「あっ、ええと、こちらこそ……」

恐る恐る、その手を握る。いざ眼前に立たれると、随分と長身な人だった。僕よりも頭二つ分は高いだろうか。よくもまあ、今まで書類の山に隠れていられたものだ。

「あなたのことは、学生時代に教科書で読みましたよ。もちろん、論文も拝見しています。お会いできて光栄です」

「……どうも」

何とも返事に困る社交辞令だった。

おいおい、と安藤先生が眉を顰める。「患者本人にそういうことを言う奴があるか」

「ああ、そうか。そうですね」

新木さん――いや、この人も医師なのだろうから、新木先生と呼ぶべきだろうか。新木先生は、さしてバツが悪そうでもなく笑う。安藤先生が僕へ向けて言った。

「気にしないでくれ。優秀な医師だよ、見た通りね」

ははは、と新木先生は否定とも肯定ともつかない声を上げる。続けて誰も言葉を発さないものだから、研究室に少しの間、気まずい沈黙が下りた。

「……あと、つまらないよ、見た通り」

安藤先生がそう言うと、新木先生はもう一度ははと笑った。安藤先生もつられるように笑う。僕はといえば、笑っていいものかわからず固まるばかりだ。

小さく頭を下げてから、新木先生は先程置いた段ボール箱を抱え上げる。崩れた書類には目もくれず、そのまま部屋を出ていった。

「……大丈夫」二人きりに戻った部屋で、安藤先生がぽつりと呟く。「悪い奴じゃない。少しばかり、デリカシーが足りないがね」

綴じ直された報告書が、こちらに差し出される。受け取ったそれを、僕は治療同意書と一緒にショルダーバッグに入れた。

おもむろに、先生の視線が部屋の壁際に注がれる。そこにある書類棚には、僕らがこれまで書いてきた報告書が並んでいる。一年分をまるごと綴じた分厚いファイルが、計十六冊だ。

十六年か、と先生。

「ぼくも歳《とし》をとる訳だ」再び僕を見て、優しげに眼を細める。「大きくなったなあ」

「……最初の方のことは、憶えてませんけどね。僕は」

ぽつりと、呟いた。

僕は、自分がここに通い始めた頃のことを憶えていない。それどころか、自分が周期性人格障害なんて呼ばれる体質になった理由すら憶えていなかった。

どれだけ記憶を探っても、思い出せるのは本当に幼い頃のことだけ。小学校に入学したあたりで途切れた記憶は、接ぎ木さながらに「火曜日」である自分へと直接繋《つな》がっている。まるで誰かが、僕の記憶から肝心な部分だけを抜き去ってしまったみたいに——

もちろん、例えば安藤先生なんかは、僕が今の体質になった理由を知っているのだろう。これだけ長い間主治医を務めてくれている先生なのだ。知らないはずがない。

けれど、先生は決して、自分から事情を語ることはなかった。

「……忘れていることというのは、つまりは忘れたいことさ」

今日だって、先生はこんな風に言う。

「君がどうしても思い出したいというなら協力するが、そうじゃないのなら、あえて思い出す必要はないと、ぼくは思うよ。ただでさえ、君の脳は不安定な状態だからね」

思い出したいかい、と先生は問う。僕は答えられない。最近ではもう、自分でも自分の気持ちがよくわからなくなっていた。

ミロの残りを一気に飲み干して、席を立つ。会釈をして踵を返した僕の背中へ向け先生が、また来週、と言った。

その言葉を聞いて、踏み出しかけた足を止める。一瞬だけ躊躇《ちゅうちょ》してから、振り返った。

「先生、十六年って言いましたけど、そうじゃありません」

「……うん」

「二年です。二年と四ヵ月」

「君にとっては、ね」

それじゃあまた明日、と先生は言い直す。

＊

僕の住む町はまだまだ開発の途上で、だから発展している場所とそうじゃない場所は呆れるほどはっきりと分かれている。駅周りにはまだせいぜい中規模のシネマコンプレックスくらいしかないのに、大学の周囲には様々な施設や店舗がひしめいている。学術都市とはよく言ったものだった。

そんな中でも、一際人々の目を引きつける建物があった。大学の付属病院を出て、住宅地の方向へ歩き出すとすぐに見えてくるそれは、緑が豊かな市民公園の奥にある。瑞々《みずみず》しい木々の香りを吸い込みながらアーチに彩《いろど》られた通路を抜けると、煉瓦《れんが》づくり風にデザインされた真新しい建物が姿を現すのだ。

僕の住む町にある、ただ一つの図書館。

自称・学術都市の中核として、市長の肝いりで造られたそれは、外見だけじゃなく内装もうっとりするほど綺麗なのだという。大学と連携して運営しているお陰《かげ》で、所蔵されている本の数と質もなかなかのものらしい。「という」とか「らしい」としか言えないのは、実際に僕が見た訳じゃないからだ。

「……五月十二日は、火曜日」

図書館のドアの前に立って、ぽつりと呟く。

硝子《ガラスば》張りの自動ドアは、僕がどれだけ立ち続けても開くことはない。当たり前のことだった。硝子の向こうに立てられた札に書かれた三文字を、静かに読み上げる。

「火曜はいつも――『休館日』」

回れ右をして、歩き出す。再びアーチを抜けて、帰路に戻った。

記憶に残っている限り、僕はこれまで図書館に入ったことがない。病院からの帰りにこうして立ち寄ってみたところで、この二年と四ヵ月、瀟洒《しょうしゃ》な建物のドアが開いてくれたことは一度もなかった。

五月の空は青い。それが正午より前の空ならば尚更だ。せいせいするはずのそんな色合いを見上げながら、小さく息を吐く。

「本当に、つまらないよなあ」

つくづく、思う。火曜日というのは、一週間で一番退屈な曜日だ。

図書館だけじゃない。大学と住宅地を結ぶ線上にある大通りには、学生やら教員やらを狙《ねら》ってか、多くの飲食店が軒を連ねている。けれど今、その前を歩く僕の目に映るのは、活気に満ちた華やかな通りじゃなかった。

店先に一様に掲げられた、「定休日」の看板だ。

世の飲食店はなぜか、火曜を定休日とする店が多いらしい。綺麗で小洒落《こじゃれ》たオープンカフェにも、本格派を謳《うた》う中華料理屋にも、テレビでいつも紹介されるラーメン屋にも、だから僕は行けたためしがない。

人の心を躍らせるあらゆるものを、たった三文字の向こうへ隠してしまう――それが、火曜という曜日だった。僕が歩く町並みは、いつだってシャッター通りと大差ないのだ。

「兄ちゃん、ほら、そこの兄ちゃん！」

大通りを歩ききったところで、そんな声が響いた。通りの外れ、ここからはもう住宅地へ向かうだけという場所に設けられた、ベンチ付きの小さなスペースだ。

ここにはいつも、一台の移動販売車が停《と》まっている。思わず立ち止まると、「Bakery」と大書された車の中から、黒縁眼鏡《めがね》をかけた男の人が笑いかけてきた。

「パン、いかが？　これからお昼でしょ？」

「あ、いや、その……」

「オマケしときますよ！　兄ちゃんには特別だ！」

「い、いいです。すみません……っ！」

ぺこりと頭を下げて、小走りで逃げる。あの販売車のパンは確かに美味《おい》しいけれど、あまりにオマケが多過ぎる。フレンチトースト用の食パンなんかを買ったが最後、一週間の朝食が全てパンになってしまう。水曜日と日曜日は朝食に御飯を食べるタイプだし、月曜日に至っては朝食を食べないことがほとんどなのだ。

最近はすっかり販売員に顔を憶えられてしまったらしく、前を通りかかる度に声をかけられるのが困りものだった。一ノ瀬が言うには、あの場所の移動販売車は、市と契約した業者が曜日ごとに持ち回りで停まっているらしい。

他の曜日には、どんな販売車が停まっているのだろう。僕は想像する。クレープ屋だろうか、それともケバブ屋だろうか。一人分の丁度いい食事を買うことができる車だったなら、こんな風に気まずく逃げる必要はないはずなのに。

（——閉じ込められてるみたいだ、まるで）

ふと、そんなことを考える。高台の道を歩きながら、住宅地を見下ろした。

代わり映えのしない毎日、眺める度に同じ姿の町並み。小学校のグラウンドから、子供たちの声が聞こえてくる。今はまだ流れてこないけれど、夕方、下校の時間には、この辺りにクラシック音楽が響き渡る。ドヴォルザークの『新世界より』、第二楽章『家路』だ。その旋律どころか、どんな音色なのかすら僕は嫌というほど知っている。

まるで、同じ部屋に閉じ込められ続ける囚人のようだった。その部屋が場所じゃなく、火曜日という時間であるだけの話だ。

永遠の休館日、永劫《えいごう》の定休日、オマケのなくならない販売車に変わらない音楽。今日も明日も明後日《あさって》も、その先までずっと、僕が目を覚ますのは火曜日だ。幼い頃から暮らしている場所なのに、他の曜日のこの町は、僕にとって宇宙のどこよりも遠い地だった。

春にしては冷たい風が、前髪をそっと揺らす。

「……帰らないと」

呟いて、足を速めた。いつまでもボヤボヤしていると、今日のぶんの仕事が終わらなくなってしまう。

高台から坂道を下る間、脳裏にはずっと同じ光景が巡っていた。

ぴくりとも動こうとしない自動ドア。硝子の向こうに並ぶ「休館日」の三文字。

図書館に行きたいのだ、と僕は思う。行ってみたい店は山ほどある。深夜、二十四時を超えるまで営業しているというコンビニの姿も見てみたい。けれど僕が一番行きたい場所は、煉瓦づくりを模《も》したあの壁の内側なのだ。

見惚《みほ》れるくらい美しい空間を、書店すら目じゃない山ほどの本が埋めつくしているという。ああ、それはいったいどんな光景だろう。

所狭しと並べられた本の中には――僕が昔から焦《こ》がれている本だって、きっとあるに違いないのだ。

3

僕らは本来、「仕事」というものをやる必要がない。

自らの情報を研究材料として病院に提供することと引き替えに、補助金を受け取っているからだ。亡くなった父の遺産とあわせれば、日々の生活は充分に成り立つ。

けれど、じゃあそれで毎日を寝て過ごせるかというと、人間はそう単純でもないらしい。僕ら七人のうち約半数は、いつしか何らかの生業《なりわい》を持つようになっていた。生産的なことを全くしないで生き続けるというのも、それはそれで才能がいることなのだ。

僕の把握している限り、水曜日は時折スポーツのインストラクターをやっているらしい。木曜日は雑誌などに載せるイラストを描いている。土曜日はスマートフォンのアプリゲームを個人開発しているようだけれど、これが儲《もう》かっているのかは知らない。金曜日もたまに働いている節はあるものの、何分奴の報告書は植物の成長記録ばかりなので、どんな仕事かまではわからない。

「……ふう」

ノートパソコンのキーを、たんと叩く。場所は自宅のキッチンだった。リビングの広いテーブルでは、どうにも集中ができないのだ。

座ったまま、ぐっと背伸びをする。パソコンの画面には、この数時間で書いた文章がずらりと並んでいた。軽く読み返して、うん、と頷く。

僕は、文章を書くことを仕事にしていた。とは言っても、小説とか学術書とか、そういう類のものじゃない。インターネットの旅行ブログを書いて、収入を得ている。

もちろん、一週間のうち一日しか活動できない身体で、旅行になんて行ける訳がない。パソコンの横には、海外の写真や観光地の資料が並んでいた。

僕の仕事を正確に言い表すなら、旅行ブログの代筆だ。自分が行ったこともない場所について、実際に行ってきたかのように想像して書く。「自分の体質でもこなせる仕事」を探している時に、偶然求人を見つけたのだ。最初は「こんな仕事があるのか」と驚いたものだけれど、後で一ノ瀬に訊いてみたところ、実はそう珍しくもないらしい。

少なくない人が眉を顰めそうなこの仕事が、しかし僕は嫌いじゃなかった。

住んでいる町から出ることすら難しい僕を、この仕事は世界中に連れ出してくれる。たとえ想像の中だけであっても、その旅は僕の心を随分と慰めてくれた。

うっかりのめり込み過ぎると、想像だけじゃ満足できなくなってしまうのが難点だったけれど。

「今日の旅はここまで、と」

もう一度キーを叩いた瞬間、指先に痛みが走った。思わず、顔を顰《しか》める。仕事に没頭している間は忘れていたものの、右手の人差し指と中指の爪《つめ》が少し剝がれているのだ。朝に巻かれていたものとはうって変わって清潔な絆創膏《ばんそうこう》を眺めながら、低く唸る。

「自分だけの指じゃないんだぞ？」

痛みの鮮明さからして、怪我《けが》をしたのは昨日《月曜日》だ。あいつは趣味で音楽をやっていて、屋根裏部屋には大きな弦楽器――ウッドベース、といったと思う――が鎮座《ちんざ》している。いくらだらしないとは言っても、爪の管理にはむしろ人一倍気を遣って然《しか》るべきはずなのに。

親指の爪をよく見てみれば、先週に比べて白い部分が少ない。先端を撫《な》でると、まだ新しい切り口の感触がした。爪をしっかりと手入れしておきながら、同じ日の夜にその爪を剝がすというのだから、何とも間抜けなことだった。大方、酒に酔ってどこかに引っかけたのだろう。

パソコンのキーを叩くだけの僕でさえ、こうも迷惑を被っているのだ。一日中激しい運動をする水曜日なんかは、心底腹を立ててるんじゃなかろうか。今日の報告書には、僕が怪我をした訳じゃないことをしっかり記しておこうと胸に刻む。

「……運動、か」

パソコン画面で時刻を確認すると、十七時過ぎだった。邪魔するものが何もなかったお陰か、いつもより長く執筆に集中できたらしい。そういえば、随分と前から遠くでドヴォルザークが流れていた気がする。

夜になる前に、日課をこなしてしまうべきだろうか。なんて思いを巡らせたところで、玄関からインターフォンの音が聞こえてきた。

座り続けたせいですっかり固まった身体をゴキゴキと解しながら、キッチンを出る。はて、いったい誰だろう。宅配便が来るような心当たりはないけれど、実際のところはわからない。報告書の書きかたと同じで、「自分宛ての届け物は自分の曜日に指定すること」というルールを律儀に守り続けているのも、また僕だけなのだ。

玄関横のモニターを操作し、映像を表示させる。画面に映った人物を確認して、無意識に唇を尖らせた。

「……夕方だよ?」

『今日はもう、来ないと思ってた?』

僕が呟いた途端、それを待ちかねていたように、モニターから女性の声が流れ出た。びくりと跳ねて、モニターの表示を確認する。こちらの声は、玄関の外に届いていないはずだった。もちろん、僕がこうして覗いていることだってわかる訳がないのに――

『お見通しだよ。残念でした。今日はちょーっとだけ、遅れて登場です』

小さな画面の中で、一ノ瀬はにやりと笑ってみせた。

一ノ瀬について僕が知っていることは、実のところそう多くない。

三年ほど前に、僕の住むこの家をいきなり訪ねてきた女性がいた。世界でただ一人の症例を持つ僕らのことを嗅《か》ぎつけたマスコミ関係者かと疑ったものの、不思議な押しの強さに負けて家に上げてしまった。その女性が一ノ瀬だった。

少し話をしてみれば、僕の予想はそう的外れでもないとわかった。一ノ瀬は医療系雑誌の編集者で、医療業界と関わるうちに、周期性人格障害について知ったらしい。

「……僕らのことを、記事にするんですか？」

恐る恐る問うた僕へ向けての彼女の返事は、

「しません。私は編集者。記者じゃないの」

だった。じゃあなぜわざわざ家にまで足を運んだのか、意味がわからない。

「学術的興味ですよ。ただそれだけ」

一ノ瀬が口にした理由は全然納得できなかったけれど、その時の彼女の表情には、不思議と嫌なところがなかった。だから強く追い返すことができなくて、もう来ないでくれと伝えることも忘れてしまって、結果一ノ瀬は次の週にもやってきた。その次の週にも、そのまた次の週にも。

話を聞くに、どうやら彼女は火曜だけじゃなく他の曜日にも来ているらしい。そうして僕の家でいったい何をしているのかというと——

「——今日のこれ、ちょっと薄くない？」

我が家のリビングとキッチンの間には、小さなプレイルームがある。そのプレイルームに置かれたソファに寝転がりながら、一ノ瀬が不満げに声を上げる。手にはマグカップを持っていて、中には僕が作ったミロが入っている。

「……文句言うなら、飲まなくていいよ」

リビングの僕が手を止めて口を尖らせると、一ノ瀬はくすりと笑った。

「あら、拗《す》ねちゃった？　ごめんごめん」

リビングとプレイルームの境目に、ドアはない。両脚を完全に投げ出して、腹の上に載せたノートパソコンをだらだら眺める彼女の姿が、覗き込まずともはっきり見えた。とても本気で謝っているとは思えない。

「うち、喫茶店じゃないんだけど」

「うん、ほんと助かる。火曜日って、この辺のお店みーんな休みだから」

よっと、なんて声を上げて身体を起こしてから、彼女は続ける。

「原稿待ちに、こんな便利な場所はないね。ウエイターはもう少し愛想《あいそ》が良くてもいいけどさ」

そうして僕の方を見て、にやりと笑ってみせた。

一ノ瀬は目鼻立ちがはっきりとしていて、ショートカットの黒髪もよく似合っている。世間で言う「美人」の範疇《はんちゅう》に入るのは間違いない。そんな女性が笑みを浮かべればそれはもう見栄えがするはずだったけれど、何せ相手が一ノ瀬だし、言っている内容が内容だ。

まともに相手をするのも馬鹿馬鹿《ばかばか》しくなって、僕は全く関係のないことを口にする。

「その作家？　学者？　の人、大丈夫なの？　毎回締め切り遅れてない？」

「しょうがない。待つのが私の仕事だから」

「そもそも、人んちで仕事しないでよね……」

出会った頃は敬語を使っていた僕らだけど、今はもうこんな調子だ。ちなみに、一ノ瀬は僕と同じ歳らしい。

今や一ノ瀬は僕にとって、「客」とは言い難い存在だ。家に彼女がいたからって、何を遠慮する必要もない。というか、遠慮していたら日々の生活が成り立たないことにかなり早い段階で気が付いた。

だから僕は、中断していた日課の準備を再開する。

リビングの食卓に、手をかける。食卓は今、テーブルクロスを取り払われ、普段は隠している真の姿を晒《さら》していた。

上品なテーブルとは似ても似つかないその姿は、一台の卓球台だ。

天板に力を籠《こ》め、半分だけ外して立ち上げる。そのまま、台を壁にぴたりとくっつけた。いわゆる「壁打ち用」の形だ。

台の隅から、ラケットとピンポン球を手に取る。壁打ちを始めると、かんとんとんとんかんとんとんとん、と小気味のよい音がリビングに響いた。

これが僕の、いや、僕ら七人の日課だった。安藤先生から「毎日の適度な運動」が必要だと言われた時、どんな曜日にもこなせそうな運動はこれしか思いつかなかったのだ。

規則正しいリズムの隙間から、ねえ、と一ノ瀬の声が届く。

「これさー、止まってない？」

「あー……」

言葉の意味は、すぐにわかった。プレイルームの隅に置かれたボードゲームのことだ。身体を動かしながら、投げやりに言う。

「そういえば、今日はまだ指してないかも。勝手にやっといて？」

「駄目だよ。土曜日と火曜日の勝負でしょ？」

何年も前のある日、突然土曜日が置いた六つのボードゲーム。付箋の文章を読んでみれば、どうやら他の曜日との勝負をご所望ということだった。一週間に一手ずつ、という気の長い勝負が、それからずっと続いている。将棋、オセロ、チェス——僕にはよくわからないものも含めた六つのゲームのうち、僕は今チェスの担当だった。

「いいって。どうせバレないし」

「そういうの、よくないよ。大事にしないとさー同居人は。同級生と同じだって」

「同級生とか言われても、わかんないよ。話したじゃん。僕、この身体になってからはほとんど学校に行ってないって。その前の記憶もないし、同級生なんて憶えてない」

えー？　と不満げに声を上げる一ノ瀬。それきり彼女が黙ったので、かんとんとん、というリズムだけが部屋を満たした。

一ノ瀬が再び口を開いたのは、沈黙が五分を過ぎた頃だ。

「……それさー、楽しい？」

「別に」僕は即答する。「でも、運動するって決まりだし」

「じゃあ、最近何か楽しいこと、あった？　聞きたいな、そういう話」

黙って、壁打ちを続ける。一ノ瀬が次に何を言うか、僕にははっきりと予想することができた。

「前から言ってるけどさー、何か見つけたら？　好きなこと。水曜日も木曜日も金曜も土曜も日も月もさ、なんか色々楽しんでるよ？」

「治療中だよ、僕らは。みんなそれを忘れてる」

言葉の最後に打った球が、狙いを裏切って斜め上方へ跳ね上がった。

床に落ちてバウンドを繰り返す球を見つめながら、低く呟く。

「一ノ瀬には、わかんないよ。僕らのことは」

屈《かが》んで球を拾い、壁打ちを再開した。

「夜は早いし、遠くに旅行にも行けない。毎日言うことが違うから、まともに友達もできない」

僕はいったい、何を言っているのだろう？　そんな風に思う心と裏腹に声は少しずつ大きくなって、壁打ちのリズムはどんどん速くなっていく。

「一年はたったの五十二日しかない。火曜日なんて、店はみんな閉まってる。一ノ瀬は火曜日だけうちを喫茶店に使えばいいかもしれないけど、僕には火曜日しかないんだ。それに——」

かん、と間抜けな音がして、再び球が斜めに跳ねた。

「——図書館にだって、入れない」

僅かな沈黙の後、一ノ瀬が言った。

「借りたい本があるなら、私が借りてきてあげるけど?」

「……そういうことじゃないんだよ」

のろのろと拾い上げた球を台にそっと置いて、ぽつりと洩らした。

「そういうことじゃあ、ないんだ」

人の気配を背後に感じて、振り向く。いつの間にか、一ノ瀬がリビングの入り口に立っていた。

「……やっぱつまんないなあ、火曜日は」

「じゃあ、他の曜日に来たら?」

「また、すぐにそういうことを言う」ぐい、と身体を伸ばしながら、彼女はこちらへ歩み寄る。「まあ、色々あるのは確かだろうけどさ」

そして目の前に立ったかと思うと、ぱっと僕の頭へ右手を伸ばした。

「ちょっ——!」

あまりにも、俊敏な動きだった。僕の髪をくしゃくしゃにかき乱しながら、一ノ瀬は一際明るい声を上げる。

「幸せになれよー？　ちゃんと！」

思わず後ずさった僕の太腿が、卓球台に思い切りぶつかる。痛みに顔を歪《ゆが》める僕を見て、一ノ瀬は楽しそうに笑ってみせる。

一ノ瀬とは、そういう奴だった。

何とも困った、何とも意味不明な、そして何とも憎めない奴だ。

卓球台の上を転がったピンポン球が、床に落ちて乾いた音を立てた。

＊

金属製の弦を、指先で弾《はじ》く。ブーン、と腹の底に響く音が、夜中の屋根裏部屋にこだました。

僕らの家の屋根裏は、外観からは想像できないくらいに広い。僕らはこの部屋を私室として使っていた。七つに分けられたスペースに、それぞれ置かれた小さな机。僕が立っているのは、月曜日のスペースの前だった。月曜日はそこに山ほどの楽器やアンプを置いて、小さな演奏スペースを構築している。宅録、とかそんな言葉を報告書で目にしたことがあるけれど、僕にはよくわからない。

粘《ねば》るような残響を発し続けるウッドベースから目を逸《そ》らして、溜め息を吐く。正直なところ、僕はこの部屋があまり好きじゃない。月曜日のスペースの隣に置かれた、共有の棚に歩み寄る。ついさっき書き上げたばかりの報告書を、治療同意書と纏《まと》めて棚に入れた。

──「何か見つけたら？　好きなこと」

夕方に一ノ瀬が口にした言葉が、脳裏に蘇《よみがえ》る。

まったく、と心の中で呟く。一ノ瀬はいつも勝手なことばかりを言う。好きなこと、だって？　一週間に一度しか活動できないこんな身体で、いったい何ができるっていうんだ。

「…………」

僕の悪態《あくたい》なんて素知らぬ顔で、脳裏の一ノ瀬は言葉の続きを紡ぐ。

──「水曜日も木曜日も金曜も土曜も日も月もさ、なんか色々楽しんでるよ？」

「……わかってるよ」

こねくり回す理屈がただの言い訳でしかないことは、誰よりも自分がわかっていた。

ゆっくりと、部屋を見回す。僕はこの部屋が好きじゃない。机の周辺を見るだけで、僕以外の曜日がどんな日々を送っているか、はっきりと感じ取れてしまうからだ。

月曜日のスペースは、目にする度に楽器の配置が変わっている。酒瓶がここに転がっている時だってある。毎週のように、ここで楽器をかき鳴らしているのだろう。その時、傍らに女の人がいることだって少なくないに違いない。

日曜日のスペースに山ほど立てかけられているのは、様々な種類の釣《つ》り竿《ざお》だ。雑然とした机の周りには、あちこちに魚拓が掲げられている。日に日に増えていくその魚拓は、きっとあいつの勲章のようなものなのだろう。

土曜日の机の上には大きなモニターがあって、机の下にはいくらするか想像もつかない立派なパソコンが置かれている。風の噂《うわさ》に聞いたところによると、現在流行《はや》りのオンラインゲームでは、毎週土曜日にだけ現れる凄腕《すごうで》プレイヤーが密《ひそ》かな話題なのだという。

すっかり和室を異空間に変えてしまっている植物の緑は、この部屋にも健在だ。金曜日のスペースに置かれた鉢の中身は、和室にあるものと明らかに種類が異なるので、光の届かないこの場所に適したものが選ばれているのだろう。日々すくすくと伸びていく枝葉の姿は、金曜日の充実ぶりをそのまま表している。

木曜日の机は、もっぱら仕事机として使われているらしい。よくもまあこんな混沌《こんとん》とした空間で仕事をする気になるな、と僕は感心する。様々な絵の具のチューブが転がり、その中身でマーブル模様に染め上げられた机の表面を見て、持ち主のバイタリティを読み取らないことはひどく難しい。

一ノ瀬は、見事なほどに事実を言い当てていた。僕以外の曜日はみんな、それぞれの日々を全力で楽しんでいる。特段の趣味もなく、仕事だって現実逃避の一環でしかなくて、毎日をただ無為に過ごしているのは、きっと僕だけだった。

水曜日の机に歩み寄る。机の周りには、肘《ひじ》や膝《ひざ》に巻くサポーターなど、各種スポーツ用品がずらりと並んでいる。机の上に置かれたバスケットボールを、そっと手に取った。

「運動なんて……僕だってやってるよ」

けれど、と僕は思う。毎日続けている卓球の壁打ちに、僕は楽しみを見出《みいだ》したことがない。少しずつとはいえ上達はする。体力だってついている実感がある。それでも――

いつか町で、陽気な女の人に声をかけられたことがある。

――「どうしたのアナタ、今日は元気ないじゃない。水曜にランニングしてた時は、あんなに楽しそうだったのに！」

同じ脳を使って、同じ身体を動かして、なのにどうしてこうも違ってしまうのだろう。

ボールをもとの場所に戻して、自分の机から本を取り出す。

一日に数ページずつ読んでいる、海外の景色を並べた写真集だ。どうやら僕は、見たことのない景色を眺めると心が落ち着くらしい。今の仕事を始めて気付いたことだった。

屋根裏部屋を後にする直前、一度だけ振り返って、誰もいない空間へ向けて未練がましく言葉を洩らした。

「……誰でもいいから、替わってよ」

水曜日でも、木曜日でも、金でも土でも日でも月でもいい。僕のいるこの火曜と、居場所を交換して欲しい。だって、そうだろう？　どうしてよりにもよって、何の趣味もない僕が、もっとも退屈な火曜に閉じ込められているのか。しっかりと趣味を持っている他の連中なら、どれだけ店が開いていなくても、変わらず日々を楽しめるはずじゃないか。

もちろんそんな呟きに答えが返ってくるはずはなくて、僕はそのまま寝室に向かい、薬を飲んでベッドに入る。朝とはうって変わって整然とした空間の中、本を開いて、遠い国の浜辺に少しだけ思いを馳《は》せた。

閉じた本は、そのまま枕元に置いておく。これを屋根裏の僕の机に戻すのは、水曜日の担当だ。付箋はつけない。毎週のことだから、水曜日もそのくらいは把握している。

これが、僕の一日だ。つまらない男が過ごす、つまらない曜日の、ただただつまらない一日。

次に目覚めた時にはまた火曜であることを、僕は知っている。これまでずっとそうだったし、これからもずっとそうに決まっていた。いつかもとに戻れる日が来るさ、なんて安藤先生は言うけれど、僕はその言葉をもう信じていない。変な期待をするよりも、この日々が続いていくと思っていた方が、随分と気が楽だ。

僕の周りに広がる景色はこれからもずっと同じで、そこでは図書館が閉まり続けている。硝子のドアの向こう側には、「休館日」の三文字が居座り続ける。それが、この世界の絶対的なルールだった。

来週《あした》はせめて、清潔なベッドで誰にも邪魔されることなく目覚めたい。そんな切実な願いを抱えながら、僕は眠りに落ちていく。

4

　夢を見た。細かいところまでは憶えていないけれど、いつもと同じ夢だ。鏡と花弁と灰色の世界の夢。

（連続で見るのは……久しぶりだな……）

　ゆっくりと身体を起こすと、脳の片隅《かたすみ》に妙な違和感があった。

　普段は夢と無縁な脳が、珍しい現象に疲れてしまったのだろうか――なんてぼんやりと考えて、すぐにそうじゃないと気付く。違和感の正体は明らかだった。

「……おお」

　思わず、声を洩らした。吐《は》き出《だ》したぶんの息を吸い込むと、澄んだ空気が肺をゆるやかに満たす。寝ぼけ眼を擦りつつ、寝室を見回す。先週僕が片付けた時とほとんど変わらない、綺麗に整頓《せいとん》された部屋だった。

　少しの緊張を抱えながら自分の隣を見ると、そこには誰もいない。

「何だよ、やればできるじゃん」

　こんな風に穏やかな目覚めは、果たして何年ぶりだろうか。月曜日に対して、思わず感謝してしまいそうになる自分がいた。

（いやいや、騙《だま》されるな僕。一度くらいで許すなんて……）

自分の甘さを内心で戒《いまし》めていると、枕元に一冊の本を見つけた。

「……あれ？」

海外の景色の写真集――僕の本だった。どうやら昨晩の月曜日は、僕の本を勝手に持ち出して寝る前に読んでいたらしい。何とも珍しいことだった。いったいどういう風の吹き回しだろうか。

「せめて、付箋くらいつけてよね」

ぼそりと文句を洩らしながらも、口元には笑みが浮かんでしまう。

（もう、すっかり忘れてたなあ）

清潔な寝巻きで迎える朝が、こんなにも気持ちのいいものだったなんて。

ベッドから降りるのも、シャワーを浴びるのも、まるで踊るような心地だった。

鼻歌交じりにフレンチトーストを作り、食卓へ運ぶ。食卓に着いても、まだ壁掛け時計は七時半すら指していない。先週とは見違えるような順調さだった。

テレビのアナウンサーが読み上げるのは芸能ニュースで、動物コーナーなんて始まる気配すらない。ゆったりとフレンチトーストを完食し、報告書を開こうとしたところで、僕は手を止めた。

「……なんだ？」

食卓のリモコンを手に取り、テレビの電源を切る。どこからか、聞き逃してはいけない音が聞こえた気がしたのだ。

すぐに思い出したのは、先週のことだ。僕が知らないうちに、二階の雨樋を修理していた業者がいた。また、同じようなことが起こっているのかもしれない。一度あることは二度あり、二度あることは三度ある。僕ら七人の間ではほぼ確実に成り立つ法則だ。

慎重に、耳を澄ます。どうやら音は、家の中じゃなく外、それも遠くの方から聞こえてくるようだった。

スピーカーから発されているような、ひび割れた誰かの声。

『……だりへ曲がり……す……左へ曲がります……』

「――っ⁉」

がたん、と立ち上がる。時計をもう一度見上げて、嘘だろ、と呟いた。

この音は、ゴミ収集車のアナウンスだ。

「ちょっ……早い、早い早い早い！」

開きかけの報告書を放り出し、慌ててプレイルームを走り抜ける。キッチン横のボックスに手を突っ込んでゴミ袋を掴《つか》んだ。

そのまま玄関から飛び出し、一目散に駆けていく。けれど奮闘も空《むな》しく、ようやくゴミ捨て場を視界に入れた僕を待っていたのは、煙を吐き出しつつ遠ざかっていくゴミ収集車の後ろ姿だった。

「待って！　ねえ待って！　ねえ！」

右手に持った袋を掲げながらどれだけ叫んでも、収集車は停まってくれない。空っぽのゴミ捨て場で、力なく立ち止まる。排気ガスの名残《なごり》が、鼻にツンと沁《し》みた。

「はあ、はあ、はあ……どうして？」

さっき見上げた、時計の針を思い出す。七時五十分。いつもならば、まだまだ収集車がやってくる時間じゃないのに。

ともあれ、間に合わなかったものは仕方がない。肩を落として、踵を返す。全身に汗が滲んでいて、折角の気持ちいい朝が台無しだった。

ゴミ袋を持ったままトボトボと歩き出す僕の横を、通勤や通学の人々がすれ違っていく。誰もが収集車に逃げられた男を哀《あわ》れむように一瞥《いちべつ》するのが、何とも恥ずかしかった。

「…………？」

ふと、僕は足を止める。

通り過ぎていく人々のうち一人と、目が合ったのだ。

この町で長く暮らしてきて、初めて目にする女の人だった。年齢は、僕と同じくらいだろうか。長い黒髪を首の後ろで束ねている。白を基調にした服のせいか、全身の印象がひどく柔らかい。そして何より、綺麗な人だった。一ノ瀬も美人だけれど、あいつとはタイプが違う。穏やかで、優しい目鼻立ちだ。

一ノ瀬をアメリカンショートヘアーとするなら、彼女はラグドールだろうか。そんな馬鹿みたいなことを、うっかり考えた。それくらい綺麗な人だった。

通勤中なのだろう、足を止めないまま、その人はこちらをじっと見つめていた。僕が視線を合わせていることに気付くと、彼女はにこりと笑った。

どくん、と心臓が高鳴る。

彼女は、右手をゆっくりと掲げるようなジェスチャーをする。僕の手にあるゴミ袋を示しているのだと、なぜかすぐにわかった。慌てて、僕も右手を掲げる。ゴミ袋が耳元でがさりと鳴った。

彼女の顔に浮かんだ笑みが、少しだけ変化する。穏やかな、けれど悪戯《いたずら》っぽい微笑みに。残念でしたね、とその表情は言っていた。

気が付けば、僕も笑っている。さっきまでの恥ずかしい気分なんて、どこかに消えてしまっていた。

そのまま彼女が歩き去って見えなくなるまで、僕はずっと右手を掲げて立ち尽くした。人々の奇異の目が前にも増して集まっていることすら、気にもならなかった。

(あんな人が……いたんだ。この町に)

やっぱり、今日は最高の朝だ。そう思った。

遠くから、音楽が聞こえてくる。近くの小学校が流す登校時間のクラシック音楽だ。毎日聞き慣れたはずの音楽も、不思議と今はひどく新鮮に感じられた。

「……へ?」

——いや、そうじゃない。

肌が、ざわりと粟立つ。夢見心地だった頭が、急激に冷えていくのがわかった。

「音楽が……違う……」

辺りに流れ始めたのは、嫌になるほど聞き飽きたバッハじゃなかった。曲名はわからない。けれど、知らない曲でもない。教育テレビの美術館紹介などで、よく流れているような音楽だ。

(火曜日の音楽が……変わった?)

そんなことがありうるのだろうか。この町に僕が暮らし始めてから今まで、曲目が替わったことなんて一度だってなかったというのに。

「って、え?」

そこで、僕は気付く。掲げ続けた右手に、自分が持っているものの正体に。最初から視界に入っていたにもかかわらず、あまりに慌て過ぎていて気付けなかった違和に。

僕が手にしたゴミ袋——今日捨てるゴミとして家のボックスに準備されていた袋に入っているのは、瓶でも缶でもなかった。透明な袋にプリントされた文字を、うわ言のように読み上げる。

「『燃えるゴミ』……?」

振り返って、ゴミ捨て場へ走る。緑色のネットの表面にある張り紙を見下ろした。

脳裏に、さっきの女の人の姿が蘇る。

(あんな人がこの町にいるなんて、僕は知らなかった。もうずっと、この町に暮らしているのに。あんな綺麗な人、一度見かけたら忘れるはずがないのに)

辺りには、クラシック音楽が響き続けている。ががっ、と不意にノイズが走った。音楽と重なる形で、少女の声が聞こえてくる。小学校の放送だ。

視界の中心では、色褪《いろあ》せた文字が「燃えるゴミ　水・土」と並んでいた。

（もしかしてそれって、あの人が火曜日にはここを通らないからじゃ——？）

おはようございます、と少女の声は言う。

『本日は、五月十三日の水曜日。朝の音楽は、グリーグ「ペール・ギュント」より「朝」です』

僕の手から、ゴミ袋がばさりと落ちる。

「……今日、水曜日？」

ひどく間抜けな呟きが、朝のさわやかな空気に消えていった。

第二章

水曜日の邂《かい》逅《こう》

Gone Wednesday

episode 02

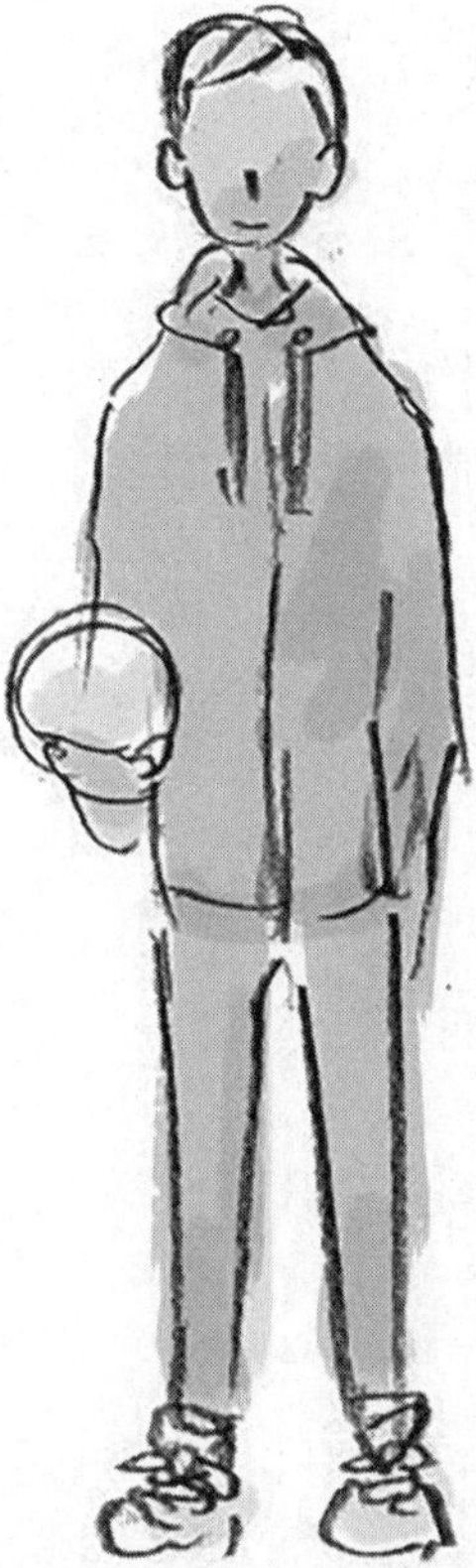

Wednesday

1

『おはようございます。五月十三日、水曜日です』

心を落ち着けようと再び点《つ》けたテレビから、そんな声が届く。リビングの隅にある小さな机の前で、僕は立ち尽くしていた。

固定電話の受話器を、左手でぐっと握りしめる。

「病院……だよな、やっぱり……」

手に取り持ち上げた受話器を、しかし僕は耳に当てていなかった。親機の横に置かれたメモ帳に、視線を注ぐ。

病院の電話番号は、このメモ帳に記されているはずだった。スマートフォンを持っていない曜日や、機械の扱いに疎《うと》い曜日でも、病院にだけはすぐ連絡できるようにそう決めたのだ。

――「身体について何かおかしなことがあったら、すぐに連絡をすること」

常日頃から安藤先生が繰り返している警句《けいく》が、耳の奥に蘇る。

ゆっくりと、メモ帳へ右手を伸ばす。

「そう、そうだよ……連絡しないと……こんなこと、これまで一度も……」

けれど、僕の手はメモ帳に触れたところで止まって、それ以上は動かない。

――「どんなに些細《ささい》なことでも、だ。君の、いや、君たちのために言っていることだよ」

再び蘇った先生の声は、まるで遠くで呟かれた知らない人の噂話みたいで、全然心に響かなかった。

テレビのアナウンサーの声の方が、今の僕にとってはずっと鮮明だった。

『水曜日の特集は、「うちのワンコ」です。本日は――』

テレビへと、視線を移す。小さな画面の中で、毛づやのよい柴犬《しばいぬ》がきゃおんと鳴いた。リードをくわえてこちらに腹を見せた姿が何とも愛らしい。

「……そっか」

ふと、言葉が零《こぼ》れた。

「ワンコ」は、水曜だったのか。

そんなことを、思った。

思ってしまったら、もう駄目だった。

左手から、受話器が落ちる。振り子のように揺れる受話器を一瞥すらせずに、リビングの窓へ歩み寄る。窓の外は、透き通るような青空だ。全身に浴びる日光が暖かくて心地よい。

穏やかに流れてくるクラシック音楽に耳を傾けながら、窓の硝子にそっと触れる。この薄い板の向こう側には、僕がこれまで見たことのない世界が広がっているのだ。

水曜日。

きっと一生足を踏み入れることはないのだろうと、心の底で諦《あきら》めていた世界が――

「連絡……しないと……」

今まで、こんなことは一度もなかった。明らかな異常事態だった。僕は安藤先生に電話をしなければいけない。ああ、でも――

こんなことは、これから先だって、一度もないかもしれないのだ。

硝子の向こうの世界に、思いを馳せる。

グリーグの旋律に包まれた朝。そこには、どんな人々が歩いているのだろう。どんな移動販売車が停まっているのだろう。テレビに出てくるラーメン屋、本格派らしい中華料理屋、密かに憧《あこが》れていたオープンカフェ。そして、そして――

「……ちょっとだけ、なら」

鼓膜をそっと揺らした声は、まるで自分のものじゃないみたいだった。

＊

市民公園に足を踏み入れた瞬間から、もう胸には鮮烈な予感が湧《わ》き上がっていた。

視界に映る全てが、いつもと違うのだ。僕が知っている公園は、こんなに賑《にぎ》わっていない。こんなにも多くの人が、同じ場所へ向けて歩いていたりはしない。

きらめく緑の間を抜け、一本の通路を歩いていく。アーチを一つ潜《くぐ》る度に足はどんどん速まっていって、最後のアーチに辿り着いた頃にはすっかり駆け足になっていた。

「ああ……」

知らず、声が洩れる。

とうとう姿を現した建物の前で、足を止める。ゆっくりと深呼吸をして、乱れた息を整えた。

いつもなら木々のさざめきしか聞こえない静かな場所が、今は心地よい雑音に満ちている。立ち止まった僕の横を、通り過ぎていく親子連れ。彼らが笑いながら進んでいく先は、硝子で出来た自動ドアだ。

ウィーン、と優しい音が耳を撫でていく。

「……閉まって、ない」

眩《まぶ》しい視界の真ん中で、図書館は両手を広げるように扉を開け放って、僕を迎えてくれていた。

「おお……おおお……」

すれ違う小さな女の子が、ひどく怯えた顔でこちらを仰いでいく。そのことに気付きつつも、僕は口元を引き締めることができなかった。

目に飛び込み続ける光景の数々に、圧倒されていたからだ。

視界いっぱいに並ぶ、本、本、本。

まるで、本で出来上がった回廊だった。だらしなく口角を上げて、周囲をきょろきょろと見回しながら、本棚の間を進んでいく。

「すごい……すごい……」

自動ドアの向こうに広がっていたのは、噂に聞いていた通りの、いやそれ以上の美しい世界だった。柔らかな色合いの光に満たされた空間は天井が高く、不思議な開放感がある。中央の広場を囲って同心円状に並んだ本棚の姿は、ヨーロッパの町並みをすら思わせた。

本の背表紙を撫でながら見上げれば、吹き抜けになっている二階にも、一階と同じように円形に並んだ本棚がある。これまでの人生で、僕が見たこともないような量の本だ。

(これを全部読もうと思ったら、どれだけの時間がかかるんだろう)

計算するまでもなかった。まず間違いなく、その時間は一人の人生よりずっと長い。ましてや、普通の人の七分の一しか起きていられない僕の人生と比べたなら尚更だ。

そんなことを考えると、胸の奥から熱いものがこみ上げてくるような気がした。哀《かな》しみじゃない。感動だ。自分が図書館の中にいるのだと、ようやく実感できた気分だった。火曜日に閉じ込められてから二年と四ヵ月、決して開くことのなかったドアの向こうの世界に、僕は今立っているのだ。

何とも不思議なことだった。僕だって、書店には行ったことがある。そこに並ぶ本も、読み切れないという点では同じはずだった。どうして僕は、こんなにも感動しているのだろう。歩きながら自問しても、答えは出なかった。ゆっくり息を吸い込むと、古いものと新しいものが幾重にも重なった紙の香りがして、それが妙に心地よかった。

「……そうだ」

香りがすっかり鼻に馴染《なじ》んだ頃、ぽつりと呟いた。あまりの新鮮さに有頂天《うちょうてん》になって、忘れてしまっていた。僕が図書館に焦がれていた理由は、ただ本棚の間を歩きたかったから、なんかじゃない。

読んでみたい本が、あったのだ。

本棚の上には白いプレートがあって、その棚に並んだ本の分類が記されている。目当ての本が含まれそうな言葉を探しながら彷徨《さまよ》うと、やがて二階で、他の場所とやや雰囲気の異なる一画へ辿り着いた。

やけに判型の大きな本ばかりが並ぶ一画だった。背表紙の色も、サイズも、他の整然とした棚とは比べものにならないくらいに不統一で、図書館をヨーロッパの町並みに喩《たと》えるなら、怪しげな裏路地にでもあたりそうな場所だ。

棚のプレートを見ると、「748　写真集」と書いてある。

「……ここだ」

呟いて、僕は視線を走らせる。どうやらこの棚には、ジャンルを問わずあらゆる写真集が収められているらしい。金曜日が喜びそうな植物の写真集などを視線で素通りしていくと、棚の一番上の段に、それらしき背表紙が並んでいるのを見つけた。

軽く手を伸ばしてみるけれど、届かない。丁度近くに小さな脚立《きゃたつ》があったので、運んできて乗る。近くで見ると、上の段に並んでいる本は、やはり目当ての写真集に近いように思えた。

表紙を確認しようと背表紙を引っ張ってみたものの、本はぴくりとも動かない。限界まで本を詰め込んでいるのだろう。指先に力を込める。全力で引くと、目当てのものと一緒に何冊もの本が棚から滑《すべ》り落《お》ちた。

「うわっ……！」

ばさばさばさ、という音が、静寂の図書館に響きわたる。慌てて脚立から飛び降りる。本が傷ついていないだろうか、と床へ手を伸ばしたところで、視界の外から声が届いた。

「大丈夫ですか？」

見れば、裏路地の入り口に女の人が立っている。大量の本を積んだカートを押しながら、半身だけをこちらへ向けていた。

息が、止まる。

ゆっくりと歩み寄ってくるその人に、僕は見覚えがあった。

忘れるはずもない。

今朝、ゴミ捨て場で見かけた女性だ。今朝とは違って簡素な赤いエプロン姿になっていたけれど、間違いなかった。僕に微笑みかけてくれた、形のよい唇。柔らかな、けれどぴしりと背筋の伸びた立ち姿。一度目にしただけで僕の網膜に焼き付いてしまった彼女が、今また目の前に立っている。

すっかり固まった僕を不思議そうに一瞥してから、彼女は床に落ちた本を拾い始めた。

「あっ、す、すいません」

「いいんですよ。お怪我はないですか？」そうして彼女は、拾った本に視線を注ぐ。「どちらの本が必要でしたか？」

「あっ、だ、大丈夫です。全部で……残りは自分で、その、戻すので……」

そうですか、と重ねた本をこちらに差し出して、彼女はそっと微笑んだ。瞬間、世界が一気に明るくなったような気がした。何とも不思議なことだった。

彼女の胸に付いたプレートを、ちらりと見る。「瑞野《みずの》」とそこには書いてあった。

「……あの」

瑞野さんが、小さく呟いた。まずい、挙動を不審に思われただろうか。

「いや、その、これは」

「大丈夫でした？　今朝」

「……へ？」

瑞野さんが、何かを掲げるように右手を挙げた。今朝、彼女がしたのと同じジェスチャーだ。

「あっ、ゴミ……」うわ言のように呟いてから、僕は慌てて付け加える。「はい、何とか」

「そうですか、よかった」

もう一度微笑んで、瑞野さんは踵を返す。細くて小さな背中だった。じんわりと、僕の胸に熱が広がっていく。

(憶えていてくれたんだ……)

抱えた本を、無意識に抱きしめる。

(僕のこと、憶えていてくれたんだ……!)


「これ、借りた人初めてですね」

受付カウンターで、瑞野さんはそう言った。僕が渡した三冊の本に、丁寧にバーコードスキャナーを当てていく。見惚れるほど繊細な手つきだった。

「すみません、何か……」

「ああ、いえ、謝らないで下さい。変な意味じゃないんです」少し慌ててから、瑞野さんは言葉を継いだ。「ただちょっと、珍しいなって思って。本当はこういうこと言うの、駄目なんですよね。こちらこそすみません」

「ああ、いや、大丈夫です」

僕がぎこちなく笑うと、彼女はバーコードを読み終えた本の表紙を覗き込んだ。

「窓からの……風景、ですか？　海外の」

僕は頷く。そう、僕がずっと読みたいと思って探していたのは、海外の窓を扱った写真集だった。様々な国の、様々な建物の窓枠とともに、そこから見える風景が切り取られたものだ。

「なんていうか……ずっと、気になってたんです。その、ただの旅じゃなくて、本当にその町に暮らしてるみたいな、そんな気になれるんじゃないかって」

インターネットで存在を知ってから、どれだけ探しても買う手段が見つからなかったシリーズだ。きっと図書館にはあるのだろうと、閉ざされた自動ドアを見つめながらずっと焦がれていた。

すみません、ともう一度呟く。自然と、目線は下に落ちていた。「よくわからないですよね、こんな……」

「いえ、素敵だと思います」

はっ、と僕は顔を上げた。瑞野さんの視線と僕の視線が交差する。

どうしてこの人は、こんなにも柔らかく微笑むことができるのだろう。

「……これ」再度手元の本を確認して、彼女は言う。「たぶん、続きの巻がありますよ」

「え？」

「その刊行予定が六巻まであるので……ちょっと待っていて下さい。確認してきます」

僕の返事を待たず、彼女は受付の奥に姿を消した。なんていい人なのだろう。カウンターに置かれた貸し出し用紙に記入をしながら、彼女を待つことにする。

「――こんなもんか」

あらかた記入を終えても、彼女はまだ姿を現しそうにない。手持ち無沙汰《ぶさた》になった僕は、そっと視線を彷徨わせる。受付の周りには、図書館が行う様々なイベントのお知らせが張り出されていた。

「親子読書会……高校生ビブリオバトル……こども工作教室……へぇ……」

こういったイベントに、瑞野さんも参加しているのだろうか。だとしたら是非とも僕も参加したいところだったけれど、残念ながら目に入るイベント名は、ことごとく僕とは縁のないものばかりだ。

「……ん？」

ふと、目に留まるものがあった。受付から少し離れた場所に設けられた、小さなコーナーだ。白い長テーブルの上に、絵本や図鑑が綺麗に並べられている。

受付を離れて、コーナーの前まで歩いていく。テーブルのすぐ横の壁には、色紙を切り抜いて作られた文字が楽しげに並んでいた。

「『いきもののえほん』……」

円の形に切った色画用紙に、木の葉などを象った紙細工を重ねて、その上に文字を置いている。しかも紙細工の図形は、全ての文字で異なっていた。手作りにしては、随分と見事な出来映えだ。

この文字も、瑞野さんが作ったものなのだろうか——そんなことを考えているうちに、僕はあることに気付く。

「何だかこれだけ、寂《さび》しいな」

八文字のうち、「い」だけがやけにシンプルな印象だった。一瞬遅れて、理解する。この文字にだけ、文字の下の紙細工が存在しないのだ。

いったい、どうしたのだろう。これだけの見事な掲示物を作る人が、そんな片手落ちな形で完成とするだろうか。どうにも奇妙な話だった。

「あのう」受付から声が届く。瑞野さんが、不思議そうな顔でこちらを見ていた。「お待たせしました」

「あっ、す、すみません！」小走りでカウンターに戻って、貸し出し用紙を差し出した。「これ、書きました」

ありがとうございます、とそれを受け取ってから、瑞野さんは言葉を続ける。

「データベースで確認してきたんですが、続巻の方、うちの図書館にはありませんでした。ごめんなさい。取り寄せることはできますけど、どうしますか？」

「あっ、じゃあ、取り寄せて貰えますか。折角調べてくれたし……」

「わかりました。じゃあ、本日はこの三冊が貸し出しで、他の巻は届き次第」貸し出し用紙に視線を落として、彼女は続ける。「こちらのご連絡先にお電話しますね」

「はい、お願いします！」

三冊の本を受け取った僕が踵を返す直前、瑞野さんは思い出したように口を開いた。

「そう言えば、今日は違うんですね」

「……へ?」

「いつも水曜にゴミ捨て場で会う時と、今日。なんていうか、その――」

少し考えて、瑞野さんは首を傾《かし》げる。

「――シャカシャカ、してないんですね」

「……シャカシャカ?」

「今のも、似合ってますよ」

困惑する僕へもう一度微笑んでから、瑞野さんは受付を出ていく。本の整理にでも戻るのだろうか。仕方がないので、僕も踵を返す。図書館の出口へ向かいながら、瑞野さんの言葉の意味について考えた。

(シャカシャカ……シャカシャカ……)

水曜、と瑞野さんは言った。どうやら瑞野さんは、僕とは初対面でも、水曜日の奴とは既に会っていたらしい。自分のことを憶えていてくれた、と喜んださっきの自分は、見事なまでの道化だった。

(水曜日……シャカシャカ……)

「……あ」

そうか。服だ。今の僕が纏っているのは飾り気のない春用コートだけれど、水曜日のクローゼットには、季節を問わず大量のスポーツウェアが詰め込まれている。あの生地《きじ》の表面の手触り。あれは絶妙にシャカシャカしている。そうだ、これ以上なくシャカシャカだ。

気付いた瞬間、先程の瑞野さんの言葉が脳裏に蘇った。

──「今のも、似合ってますよ」

衝動的に、振り返っていた。台車を押して本棚の奥に消えようとしている瑞野さんの背中へ向けて、叫ぶ。

「──あの！」

その声は、静寂の図書館に思いの外よく反響した。しまった、と僕が思った時には、彼女はこちらを振り返っている。もう後には引けなかった。目を瞑《つぶ》って、声を吐き出す。

「ええと、その……その服も、すごく素敵ですっ！」

言葉の最後が、広々とした空間に何度もリフレインする。図書館中の視線が僕に集まっているのが、目を開けなくてもわかった。

瑞野さんからの返事はない。どうしてだろう、とうっすら開けた瞼の隙間に飛び込んできたのは、困ったような彼女の表情だ。

「……あ」

瑞野さんは、自分の纏った赤いエプロンを軽く持ち上げていた。これが？　と言いたげに、首を傾げる。

「ああ……」

やってしまった——大失敗だ。

「あの……とても……赤くて……」

顔が溶けそうなほど熱い。数秒の沈黙の後、瑞野さんはくすりと笑った。

こんな状況だというのに、綺麗だな、と思ってしまう自分が滑稽《こっけい》だった。

＊

大通りの終わり、住宅地と大学周辺の境目にあたるスペースには、二台の販売車が停まっていた。

ベンチに座って少し遠くから眺めると、それぞれの車体には「本場カリー」「flower garden」の文字がある。

「二台って……ずるくない？」

膝の上で頬杖《ほおづえ》を突きながら、ぽつりと洩らした。

スパイスの芳《こう》ばしい香りは僕の座るベンチにまで届いていたけれど、カレーを買おうとは思わなかった。舌にはまだ、山椒《さんしょう》の痺《しび》れが残っている。ついさっき堪能《たんのう》したばかりの、麻婆豆腐《マーボーどうふ》の名残だ。

本格派を謳うだけあって、絶品としか言いようのない味だった。一口食べた時には、もう図書館での失態なんて記憶から消えていた。普段はあまり辛《から》いものが得意じゃない僕が、夢中で完食してしまったのだから相当だ。

　水曜日の奴は、いつもこんな美味しいものを食べているのだろうか。そんなことを考えながら、ゆったりと空を見上げる。

「……いや、違うか」

　水曜日の報告書には、スポーツに関することばかりが書いてある。体調管理には人一倍気を遣っていることだろう。外食などは控《ひか》えているに違いない。

　町に出れば、こんなにも沢山の店が開いているというのに――

「勿体ないことするよなあ」

　あまりに長い行列を見て入店を断念したラーメン屋を思い出しながら、呟く。ずっとこの曜日にいるなら、あの店に入る機会だってきっとあるだろうに。何ともつまらない奴だった。

「ねえ、兄ちゃん」

　不意に響いた声に、びくりと身体が跳ねる。場所のせいか、パン屋の店員の顔が脳裏に浮かんだからだ。

（落ち着け、僕。今日は水曜日だ）

　恐る恐る視線を落とすと、いつの間にか僕の眼前に一人の子供が立っていた。青いランドセルを背負っている。長めの髪が首の後ろで束ねられているけれど、男の子だ。

小学校の中学年といったところだろうか。ひどく目つきの鋭い子だった。

「何、ぼーっとしてんだよ。やろうぜ！」

元気よくそう言って、男の子は僕の鼻先にぐいと何かを押し付ける。

「ちょっ、何？」

思わず、仰《の》け反《ぞ》った。男の子が突き出したのは、土に汚れたサッカーボールだ。

にやり、と彼は強気に笑う。

「今日は二組の奴らとやるんだよ。でさ、兄ちゃんのこと話したらさ、あいつらも教わりたいって！　見つかってよかったよ！」

「教わる……え？　僕が？」

「兄ちゃんが教わってどうすんだよ。ほらほら、はやく行こうぜ！」

「ちょ、ちょっと待ってちょっと待って」

僕の左手を摑んで引っ張る男の子を右手で制して、立ち上がる。困惑しつつも、事情は大まかに把握できていた。要するにこの子は、水曜日の知り合いなのだろう。僕は今、水曜日の奴と間違えられているのだ。

（っていうか、いったい毎週何をやってるんだ、あいつは）

小学生と一緒にサッカーを？　冗談じゃない。卓球の壁打ちで鍛《きた》えているとはいえ、小学生に付いていけるほどの体力は持ち合わせていない。

「ええと、今日は忙しくて、その、無理なんだ。ごめん」

「えー！」漫画のように頰を膨《ふく》らませて、男の子は言う。「嘘だ！　兄ちゃん、めっちゃ暇そうにしてたじゃんか！　忙しい大人が、何でこんな時間にこんなとこにいるんだよう！」

「むぐ」

なかなか痛いところを突いてくる子だった。咄嗟《とっさ》に視線を走らせて、遠くに停まった販売車のうち一台を指で差す。

「ほら、花！　花を買いに来たんだよ、今日は！」

えー、と男の子はもう一度声を上げる。「兄ちゃんが花ぁ？」

全然似合わない、と表情が言っていた。少しだけ傷つきながらも、僕は必死に笑う。

「仕事で、そう、仕事で使うんだ、うん」

言って、歩き出す。ちぇーっ、という声が背後から聞こえたけれど、男の子が追ってくる気配はなかった。

内心ほっとしつつ改めて辺りを見渡せば、ランドセルを背負った子供が、他にも何人か歩いていた。時刻は十四時半を回ったばかりだ。火曜だとまだ小学生は下校しない時刻のはずだけれど、水曜は違うのだろうか。子供の頃の記憶が曖昧《あいまい》な僕には、判断のしようがないことだった。

「flower garden」と書かれた販売車の前で立ち止まる。色とりどりの花で囲われた車体は、どこか僕の家の和室を思わせる。カレー屋のスパイスに覆《おお》い隠《かく》されていた甘い香りが、ふわりと舞い上がった。

子供相手に口にしたことを、嘘にする訳にもいかないだろう。花の一、二輪でも買って、仕事中に愛《め》でるとしよう。そんなことを考えていると、車体の裏からのっそりと人影が現れた。

店員さん、と笑顔で口を開きかけた僕は、そこで固まる。

姿を現したのは、がっちりとした身体つきの男性だった。屈強な、という言葉を、そのまま形にしたような人だ。それだけでも相当な威圧感があるのに、よりにもよって顔つきまでが、文句のつけようもない強面《こわもて》だった。

髭《ひげ》をたっぷり蓄《たくわ》えた顔の奥にある双眸《そうぼう》が、大きなサングラスで隠されているのがせめてもの救いだった。もし両目が満天下に晒されていたら、僕は到底それに視線を合わせることができなかっただろう。

「……何しに来たの？」

剛毛な髭を蠢《うごめ》かせて、男性は言葉を発する。腹の底から響くような声だった。

「え？　あ、いや」

見れば、男性は革ジャンの上に黄色のエプロンを着ている。到底そうは見えないけれど、やはりこの販売車の店員なのだろう。うわ言のように呟く。

「花を……買いに？」

同時に脳裏では、折角忘れたはずの図書館での失態が思い出されていた。もしかしたら、僕は間違っていなかったのかもしれない。瑞野さんのエプロン姿は、やはり素敵だったのだ。同じエプロンという服も、着る人間が違えばこうも印象を変える。眼前のエプロンときたら、もはや僕には返り血を防ぐためのものとしか思えなかった。

「ふうん」

店員は鼻を鳴らしてから、どれ？　と問う。僕がよく見もせず適当な花を二輪指すと、毎度、と重々しい声が響いた。

数分後、僕の手に渡されたのは、袋いっぱいの花々だった。

「……へ？」

指定したはずの二輪の他に様々な花が添えられて、ちょっとした花束《はなたば》が出来上がっている。啞然《あぜん》とする僕へ向けて、店員はやはり重々しく言った。

「オマケ、しておいたから」

それ以上は何も言わず、店員は手書きの伝票を示す。そこに記された花二輪分の値段を支払いながら、僕は内心で何度も首を傾げる。

（これはいったい、どういうことなんだろう？）

この界隈《かいわい》の販売車には、客にオマケをしなければいけないなんてルールでもあるのだろうか？

困惑しつつ住宅地へ歩いていくと、いつもより早い下校の音楽が聞こえてきた。『美しく青きドナウ』だ。曲名しか知らなかった僕に、小学校の放送が作曲者を教えてくれた。

ヨハン・シュトラウス。グリーグと同じく、聞いたことのない名前だった。

＊

『お取り寄せの本、金曜日には揃《そろ》いそうです』

固定電話の受話器から、涼やかな声が流れ出る。夕方のリビングは、窓から差し込んだ朱色で美しく染まっていた。

「はい、ええと、ありがとうございます」

僕がそう応じると、受話器の向こうで瑞野さんが心配そうに言い添えた。

『ただ、もしかすると一冊ほど遅れてしまう場合があるんですけど……』

「大丈夫です」僕は笑う。「わざわざ取り寄せてくれるだけで、その、充分なので……」

くすり、という息遣いが聞こえた。図書館の受付で口元に手をあてる瑞野さんの姿が、自然と思い浮かぶ。

『そう言って頂けると助かります。お受け取りの方は――』

「もちろん、直接取りに行きます！　ええと、今度の」

勢い込んで口にしたところで、言葉に詰まる。自分で取りに行く、だって？　それはいったいいつのことだ？

(今日眠ったら、僕が次に目を覚ますのは……)

わからなかった。今日《水曜》に目覚めることができたからと言って、明日《木曜》も明後日《金曜》も目覚めることができるなんて、そんな虫のいい話があるとは思えない。

（どうしよう……どう約束すればいいんだろう……）

あまりに難しい、雲を摑むような問いだった。そんな問いについて考えてしまったからだろうか。

「……………？」

不意に、目眩《めまい》のような感覚に襲われる。ふらりと後ろによろめいてから、受話器を握り直した。

『……あのう』

「ああ、いや、すみません。今度の、その……火曜日！　は、休館日ですよね……」

数秒沈黙した後に、目を瞑って祈るように言った。

「水曜日！　今度の水曜日に、行きます！」

『わかりました。じゃあ、水曜日にお待ちしてますね』

瑞野さんの綺麗な声が響き終わると、リビングに静寂が戻った。電話機をじっと見つめながら、そっと呟く。

「お待ち……していて下さい」

小さな受話器を、両手でぎゅっと抱きしめた。

「ええと、これか……？」

一抱《ひとかか》えほどある板の側面に見つけたスイッチを操作すると、ぱっと視界が明るくなった。

屋根裏部屋にある、木曜日の奴の机だった。散らばった絵の具を片付けて作ったスペースで、板の上面が白く光っている。机の下から引っ張り出した時には想像もできなかった鮮やかさだ。

うろ覚えの知識に従って、板に二枚の紙を置く。既に文字が記されたものを置いてから、まだ記されていないものを上に重ねる。

「よし」

まるでレントゲン写真のように、二枚の紙が綺麗に透き通って見えた。

トレース台、といっただろうか。絵の仕事をしている木曜日の机の周りには、奴の仕事道具が散乱している。その中にあったのを、かろうじて憶えていた。部屋を掃除した時に視界に入ったのだ。

七人の曜日のうちほぼ唯一の掃除当番、なんていう貧乏籤《びんぼうくじ》も、たまには役に立つものらしい。

「さて、と……」

水曜日の机から借りてきたペンを、くるりと回す。トレース台に、僕は二枚の報告書を置いていた。本日のぶんの報告書の下に敷いたのは、先週の水曜の報告書だ。白色光が浮かび上がらせた水曜日の筆跡を、丁寧になぞっていく。

「仕方ないよな、うん」

夜まで悩んだ末に、僕は今日起こった出来事の全てを、自分だけの秘密とすることに決めた。

——「身体について何かおかしなことがあったら、すぐに連絡をすること」

安藤先生の言葉は、今でも忘れていない。けれど、もし病院にこのことを知られてしまえば、きっと待っているのはいつもより何倍も精密な検査だ。それには、来週を丸々使いきるくらいの時間がかかるに違いない。僕は水曜に本を取りに行くと、瑞野さんと約束したのだ。

「ああもう、何だよこの字……」

水曜日の字はあちこちが変に角張っていて、どうにもなぞりにくい。同じ身体を使っているはずなのに、どうして筆跡まで変わってしまうのだろう。ブツブツ文句を言いながら、ペンを動かし続ける。念のため三週ぶんの報告書をブレンドして、架空の一日のスケジュールを創作していく。

水曜日の報告書は、その日に行ったトレーニングを淡々と箇条書きにしているだけだ。毎朝読む度に僕は「味気ない」と呆れたものだったけれど、そのシンプルさが今は有り難かった。

「それにしても、これは……」

いくら何でもシンプル過ぎるんじゃないか、と素直に思った。実際に水曜という曜日を体験したうえで改めて読んでみると、そのつまらなさがはっきりと浮き彫りになったように感じられるのだ。

火曜には開いていない飲食店の数々に、本の町並みとでも呼ぶべき壮大な図書館。販売車で買った美しい花は今、この家のあちこちに活《い》けられて空間を飾っている。

これだけの彩りがある世界に生きているくせに、報告書に書くものといえば——

「午前、ランニング……コースは川沿いを通るBコース……帰宅してからは体幹トレーニング……」

二週間前の十五時頃にある「サッカー」は、あの小学生の男の子とやっているのだろうか。浅い溜め息を吐く。

「書くことなら、あるだろ。他に」

言いながら脳裏に浮かぶのは、もちろん瑞野さんの笑顔だ。

(本当に、替わってくれよ。火曜ならあげるからさ)

完成した今日の報告書を摘んで、ぺらりと持ち上げる。我ながら、なかなかの出来映えだった。念のため二度読み返してから、満足げに呟く。

「今日も何もない、普通の、水曜日でした」

時計を見る。時刻はもうじき二十三時だ。そろそろ寝室に行くべき頃合いだった。名残惜しいけれど、今日はいつもより早くベッドに入ると決めていた。

トレース台とペンを片付けて、報告書を綴じる。共用の棚に報告書を仕舞ってから、自分の机に置かれた三冊の本のうち、一冊を手に取った。

今日、図書館で借りてきた本だ。

いかにも綺麗な風景写真とはまたひと味違った、窓を覗き込んだそのままの景色。この本をじっくりと眺めてから見る夢は、いったいどんなものだろう。いつものような灰色の世界じゃない、遠い国の町並みを見ることだってできるんじゃなかろうか。

どこか弾むような足取りで、僕は屋根裏部屋を出る。


こうして、僕が初めて体験した水曜日は終わりを告げる。

枕元に置いた本に、筆跡を真似《まね》た灰色の付箋――【(木) 火曜日の机に戻しておいて】――を貼って部屋の明かりを消す直前、ふと考えた。

(この曜日に、また来られるのかな)

夕方に脳裏を過ぎったものと同じ疑問。だから、答えも夕方と同じだった。わからない。今日のことは、きっと何かの間違いだ。こんな間違いがずっと続くなんて確信できるほど、僕は能天気じゃない。

今眠ってしまえば、僕はもう水曜に来ることはできない。僕に残された日々は、永遠に続いていく火曜だけ――というのが、一番自然な流れであるようにも思えた。

ああ、けれど。枕元の本へと、もう一度だけ視線を落とす。

(そうだ、僕は約束したんだ。来週の、水曜に)

明かりを消した部屋の中で、自分に言い聞かせるように呟いた。

「絶対、取りに行きます」

決意に胸を躍らせながら、僕は眠りに落ちていく。

寝室の空気に混じる、昨日まではなかった花の香りが心地よかった。

2

聞こえているのは、甲高い音。

ひどく単調で、一繋がりになった鈴の音を思わせる響きが、途切れることなく続いている。鼓膜を刺すようなその音が、どこから聞こえてくるのかはわからない。音の出所を探そうにも、僕の身体はうつ伏せに投げ出されていて、しかもほんの少しだって力が入らないものだから、視界を動かすことなんてできるはずもない。

(また、夢だ)

僕は、すぐに理解する。もう何年も、同じ夢を見続けているのだ。わからないはずがなかった。

（これで、三晩連続か……）

あまりにも同じものばかりを見てきたからだろう。僕はいつしか、夢の景色を眺めながら冷静に思考することができるようになっている。夢の中の自分と、夢を見ている自分が同時に存在しているような感覚だ。

夢の中の僕は、地に頰を擦り付けながら、すっかり傾いた世界を見つめている。

全身の感覚がない。視界の半分以上を支配する地面は、のっぺりとした灰色だ。

灰色はしかし、まるで水面がきらめくように、あちこちに小さな光を瞬《またた》かせている。そこに落ちている何かが、鏡さながらに光を反射しているのだ。それに気が付いた時には、僕の上に小さな欠片が降り注いでいる。大きさも形もレゴブロックにそっくりだ。きらきらと光りながらそれらが舞う様は、雹《ひょう》みたいでやけに綺麗だった。

だから周囲には雹の降る音なんかも聞こえそうなものなのだけれど、僕の耳に届くのはあくまで甲高い音だけだ。

（いつも、響いてるんだ。この音が――）

地面に投げ出された僕の手は、白くて細い子供の手だ。その傍らに、一際大きな何かが落ちてくる。鏡だ。文庫本くらいの大きさがある。灰色のあちこちできらめくものよりも、ずっと大きな鏡だった。だからそれはきらめきだけじゃなく景色を映すことができて、僕はその四角い面の中に空を見る。雲の一つもない、澄んだ空だ。

濃い青色を背景に、一羽の鳥がまっすぐ進んでいく。逆光に浮かび上がったその影に、自然と視線は引き寄せられていた。

すっかり雹が落ちきった世界に、更に降り注ぐものがあった。花弁だ。赤、白、ピンク――色とりどりの花弁が、花吹雪さながらに、ゆっくりと僕の上に降りてくる。

それでも、僕の視線は切り取られた空から離れない。鏡面を横切っていく影から――

(……ああ)

そこで、気付く。視界が、微かに歪み始めていた。意識が薄れる気配だ。夢の内容は変わらなくとも、終わるタイミングは毎回違う。今回の夢は、どうやらいつもより早めに終わるらしい。

今夜は見られないこの先に待っているはずの景色を、脳裏に浮かべる。青空の縁に到《いた》る直前、影は不意に分かれるのだ。

たった一つだったはずの影が、僅かに形を歪ませたと思うと――丁度、七つに。

何ともつまらない夢だった。七つに分かれる鳥の影。それを見る、七人に分かれた僕。目に映る全てが曖昧な中、その暗喩《あんゆ》だけはあまりにもわかりやすくて、何とも居たたまれない気分に苛《さいな》まれるのだ。

小さく、呟く。何を呟いたのかはわからない。周囲を満たす音響が、自分自身の声すらかき消してしまっていた。

まるで焦点を失ったかのように、世界がずれて重なっていく。二重、三重、四重――世界が七重になって消えてしまう直前、脳裏に浮かんだのはこんなことだった。

ああ、それにしても――

この音は、いったい何なのだろう。

＊

三晩も続けて夢を見るのはひどく珍しいことだったけれど、目覚めた僕がその事実に思いを馳せることはなかった。

眠りから浮上した瞬間にはもう、状況を理解してしまっていたからだ。

「今日は……火曜日……」

肌寒いベッドの上で、ぽつりと呟く。

(しかもハズレの日、だ)

寝室の空気が、ひどく淀《よど》んでいる。寝ぼけ眼を擦りながら身体を起こし、ベッド脇の机に視線をやる。山と積まれた酒の空き缶を確認して、深く息を吐いた。

「月曜日《あいつ》はさあ……」

水曜日のさわやかな目覚めを経験してしまった後だと、すっかり慣れたはずの火曜日の朝もやけに新鮮に感じられる。つまるところ、いつもの三倍は惨《みじ》めな気分だった。

ああまったく、どうして火曜日の前日は月曜日なのだろう。

自分の頰を軽く叩いて、気を取り直す。さっさと部屋を片付けて、シャワーでも浴びるとしよう。そんなことを考えたところで——

「……んんっ」

どこからか、低い声がした。

背中に冷たいものが走る。このパターンには覚えがあった。

そういえば、と気が付く。今日もまた、僕の身体には布団が掛かっていなかった。

「本当に、あいつは……」

眉根《まゆね》を揉《も》んでから、ゆっくりと深呼吸をする。僕にだって、プライドというものはある。そう毎朝のようにパニックになる訳にはいかない。幸い、今回は現状を素早く把握できたのだ。先週のような無様《ぶざま》を晒すことなく、落ち着いた対処をしてみせよう。

ばくばくと脈打つ心臓を落ち着かせてから、視線を動かしていく。ベッド脇の机から、まるで振り返るように——なぜかベッドの端に寝ていた僕の隣へと。

果たせるかな、そこには僕以外の人間がいた。本来僕が使っているはずの掛け布団にくるまって、安らかな寝息を立てている——男性が、一人。

「……へ?」

男性だった。睫毛が長く、顔立ちがはっきりとしている、むしろはっきりとし過ぎていてかなりの強面な、男性だった。

男性の瞼が、ゆっくりと開かれる。僕は何も考えられない。特に、男性がくるまっている掛け布団の中身がどうなっているかなんて、考えたくもなかった。

「……おはよっ」

低く重い声でそう言って、男性は眩しげに目を細める。枕元にあるサングラスを手に取り、のそりと装着した。そうしてもう一度こちらを見たその姿に、僕は覚えがあった。

――「オマケ、しておいたから」

脳裏《のう》に、無愛想《ぶあいそう》な声が蘇る。ああ、何ということだろう。僕の隣に寝ているこの人は、水曜日の僕に花を売ってくれた、花屋の店員だ。

革ジャンもエプロンも纏っていない店員が、柔らかく微笑む。花のような香りが、淀んだ空気にふわりと漂った気がした。不思議なくらいに形のよい唇が開かれて――

「続き、する?」

僕は叫ぶ。自分がこんな声量を持っていたなんて、とても信じられないほどの悲鳴だった。

「なんで? あんなに燃えたじゃん……」

玄関ドアの向こうで、店員は哀しげに眉を顰める。すがりつくようにドアノブを握りしめて、僕はドアを閉めた。

がちゃん、という音が、玄関にこだまする。

「はあ、はあ、はあ……」

僕の他に誰もいなくなった玄関に、糸が切れた人形のようにへたり込む。喉《のど》の奥から、心臓が零れ出そうな気分だった。

「何だよ、これは……」

呟いて視線を落とし、初めて気付く。僕が着ている服は、月曜日《いつも》の寝巻きじゃない。Tシャツとジーンズでもない。僕の身体を包んでいるのは、どこからどう見ても女物のスカートだ。

玄関のすぐ横に立てかけられている、姿見へ視線を移す。そこにあったのは、一人の女性として化粧までバッチリ決めた僕の姿だった。

唇を、指でなぞる。指先にべっとりと付いた紅色へ向けて、もう一度言った。

「何だよ、これはあぁ……っ！」

その問いの解答は、屋根裏部屋にあった。

慌ててシャワーを浴びて、寝室を一通り片付けた僕が屋根裏に足を踏み入れると、寝室と同じアルコール臭が鼻をついた。月曜日のスペースに、酒盛りの跡が残っていたのだ。

酒瓶と空き缶の他にも、楽譜や何かのメモが乱雑に散らばっている。どうやら月曜日は、あの店員とここで酒盛りをした後、寝室へ移動したらしい。他のあらゆるものが散らばっているのに、楽器だけはぴしりと所定の位置にあるのが何とも腹立たしかった。

アンプのコードを引っこ抜いてから、譜面台の上にある二、三枚のメモを手に取る。バンドコンセプト、と大書された一枚の裏を見れば、ファッションデザイナーが描くような、小洒落たマネキンの姿があった。

ワンピースを見事に着こなしたマネキンの上に記された文言を、そっと読み上げる。

「エレガント&キュートなファッションで、月曜のストリートに香り立つ花……『ライラック・マンデー』」

他のメモを拾い上げると、メンバー一覧の上から二番目に僕の名前があった。一番上にある高橋《たかはし》、という名前が、あの花屋の店員だろうか。

どういうバンドだよ——なんて突っ込みを入れる気力もないまま、僕は屋根裏部屋を後にする。酒盛りの痕跡《こんせき》を片付けるのは、朝食を食べてからにしよう。そんなことを考えつつリビングに行くと、テーブルに置かれた花瓶《かびん》に一枚の付箋が貼られていた。赤の付箋だ。月曜日《月曜日》
【オマケを貰ったらお礼だろ】

「うるさいよ馬鹿！」

思わず叫んで、僕は付箋を乱暴に剝がす。その拍子に花瓶が倒れて、テーブルクロスに水が広がっていく。

「あっ、ちょっ、もう……っ！」

五月十九日の火曜日は、そんな風に始まった。

＊

「っととと……」

両腕でバランスをとって、ふらついた身体を何とか立て直す。病院のリハビリ室に、安藤先生の笑い声が響き渡った。

「ははは、緊張してるのかな？」

確かに、そうかもしれない。自分が辿っている足元の白線から視線を外して、先生の方を見遣《みや》る。普段は、僕と安藤先生しかいないリハビリ室。こちらを覗き込むカメラと、傍らのリハビリ用ベッドに座る安藤先生。けれど今日は、そこにもう一人、人間がいた。

僕の視線に気付いたのか、カメラの後ろに立った新木先生は言う。

「あ、気にしないで下さいね」

にこり、と笑ってから、新木先生は再び口を閉じる。ぴしりと芯《しん》の通った立ち姿で、こちらをじっと見つめてくる。

やっぱり落ち着かないな、と僕は思う。

そのせいか、それからも僕は何度もバランスを崩し、あっという間に終わるはずの平衡感覚検査に普段の倍近くの時間をかけた。

（どうして、こんなに落ち着かないんだろう）

確かに僕には人見知りの気があるけれど、いくら何でもここまでじゃなかったはずだ。

検査を終えた僕へ、新木先生がタオルを差し出してくれる。お礼を言って受け取りながら、新木先生の顔をこっそりと窺《うかが》う。

（ああ、そうか）

瞬間、何かを理解したような気になった。

近くで見て、ようやく気付いた。笑顔の中心にあるその目元は、笑っているようで笑っていないのだ。

思い返してみれば、白線を辿って歩く僕を眺める視線も、物腰通りの穏やかなものじゃなかった気がしてくる。僕は無意識にそれを感じ取っていたのかもしれない。

同じ医師のはずなのに、安藤先生とは全然違う、何かを探るような視線。

そう、まるで僕を疑っているような――

そんな風に思ってしまうのは、僕に後ろめたいことがあるからだろうか。

「先週、何かあった？」

その言葉を聞いた瞬間、僕の心臓はどくんと脈打った。

「……は、はい？」

安藤先生の研究室だった。いつも通りスキャンを終えた報告書をパラパラとめくりながら、椅子に深く座った安藤先生が不意に呟いたのだ。

「何か、とは?」

椅子の数が足りないのだろうか、安藤先生の傍らに立つ新木先生が、身を傾けて報告書を覗き込む。

丸椅子に座りつつその光景を見つめる僕は、気が気じゃない。一週間分の報告書については、今朝ちゃんとチェックをしてきた。三度読み返してみても、僕がやった水曜日の報告書の偽造が他の曜日にバレている様子はなかった。

だから安藤先生にもバレるはずはない、と思いたかったけれど——先生は医師だ。僕らみたいな素人とは訳が違う。ミロでいくら潤《うるお》しても、口の中が乾いて仕方がない。

何だかやけに、耳の後ろが痒《かゆ》かった。

「ほら」新木先生じゃなく僕へ向けて、安藤先生は報告書を見せてくる。「今週は調子悪いみたいだ、日曜日くん」

先生が示したのは、日曜日の報告書に綴じ込まれた魚拓だった。

確かにそこには、いつもより格段に小さな魚がぽつんとあるだけだ。本人も落ち込んだのか、傍らには何ともたどたどしい筆跡で「鰺《あじ》」と書いてある。

「は、はは、ははは」我ながら力のない笑いが、口から零れ出た。「そうですね。そういうことも、ありますよ」

「……これが、小さいんですか？」

新木先生が、不思議そうに首を傾げる。

「ああ、君はまだ見ていないのか」安藤先生は、新木先生に報告書の束を手渡す。「他の週のものを見てみるといい。日曜日くんは凄いよ？　釣りにかけては名手というやつだ。このアジなんかは、スーパーで安売りでもされていそうな按配だろう？　彼の普段の釣果はこんなものじゃあないんだな」

律儀に僕へ失礼します、と頭を下げてから、新木先生は報告書をめくっていく。僕らは自らの個人情報を提供することで補助金を受け取っているから、いちいち先生が断る必要はないはずなのに。

やはり、僕がさっきこの人から感じた印象は、ただの気のせいだったのかもしれない。安藤先生の部屋は、先週訪れた時よりも幾分か片付いている。きっと、新木先生が暇を見て整頓しているのだろう。

「ほう、ほう、確かにこれは……なかなかのものですね。それに……」

ぱらぱらと紙がしなる音と、新木先生の低い呟きが重なる。

「日曜だけではない。木曜はイラスト、土曜はゲーム制作……凄いですね」

「だろう？　と安藤先生。なぜか自分のことのように胸を張りながら、こう続けた。

「普通の人間は、こんなにも多分野で結果を残すことなんてできやしない」

「彼の疾患《しっかん》と、関係があるとは思いますか？」

「おいおい、だからそういうことを患者本人の前で言う奴があるか」

安藤先生がちらりとこちらを窺ってきたので、僕は右手を振る。大丈夫ですよ、の意思表示だ。

「ちょっと、聞いてみたいかもしれません。そういう話も」

ふむ、と顎《あご》に手を当てて少し悩んでから、安藤先生は椅子の背もたれをぐいと傾けた。

「そうだなあ。君がそう言ってくれるなら」

うん、と頷いてから身を乗り出して、先生は指を一本立てる。僕に見せつけるように、その指を自分のこめかみに当てた。

「これはあくまで仮説だが――君の脳には、フ、ィ、ル、タ、ーのようなものが生まれている、とぼくは考えている。脳が分かれたのじゃあないんだ。君たちはちゃんと、同じ脳を共有している。現に、言語や数学知識、社会知識といった大前提となる知識は、七人で共有されているだろう?」

僕は頷く。確かに僕らは、それぞれの趣味の知識は別だけれど、語彙《ごい》や四則計算のやり方は共有することができている。本当に脳が完全に分けられているのなら起こらないことだ。

「同じ脳、同じ知識、同じ身体能力。実は記憶も統一されている。ただし、そのうちのどれを参照し、どれを用いるかが曜日ごとに異なるんだ。まさしくフィルタリングさ。コンピューターなどでよく使われるやつだ」

先生は立ち上がり、書類棚から一冊のファイルを取り出す。ファイルから大きなフィルムのようなものを抜き取り、デスクのライトにかざした。

「そのフィルター機能を脳に刻みつけたのが、この傷という訳だな」

僕の脳の写真だった。ＣＴとＭＲＩのどちらかまではわからない。

とにかくそこには脳の断面が写っていて、まるで一本の樹《き》のように、枝分かれした傷が走っていた。分かれた枝は、丁度七本だ。

「君は脳を七分の一しか使えていない訳じゃない。一人分の脳をたっぷりと、しかし先鋭化させて使っている形になる。この先鋭化、というのがポイントだ。ある一日の脳領域を、一方向にのみ全て用いることができる。例えば音楽に取り組んでいる時、その人間が絵画を描くこともできる人間だったなら、どうしたって頭のどこかで絵画の構想を考えずにはいられないはずだ。だが、君たちにはそれがない。ある意味で、君たちはもっとも効率的に脳を使いこなしていると言えるだろう。だからこそ君たちという存在は、通常の人間にはおよそ不可能である多分野において、同時に成果を残すことができている」

「それは」ずっと黙っていた新木先生が、真剣な声で呟いた。「とてつもないことなのでは？」

そうかもしれないね、と安藤先生は頷く。

「例えば、僕はこんなことを思ったりするよ。歴史に名を残す『万能の人』――そう、かのレオナルド・ダ・ヴィンチなども、君たちと類似する症状を抱えていたのではないか、とね」

どうやら安藤先生の話は、そこで終わったらしい。研究室に、短い沈黙が降りる。

「……と、いったところか。どうだったかな？」

穏やかな笑みを浮かべて安藤先生はそう言ったけれど、新木先生は何かの思考に没頭しているらしく、返事をしてくれない。仕方がないので、僕が口を開いた。

「ええと、その……」

「その？」

「先生って、ちゃんとお医者さんなんですね」

けらけらけら、と安藤先生は笑う。

「そりゃあ、医者だよ。そうは見えないかい？　いや、こいつは参ったな」

しまった。うっかり本音が洩れてしまった。

「す、すみません……」

「いや、いや。君にそんな風に思って貰えるというのは、嬉《うれ》しいことさ」

なぜかは知らないけれど、先生はひどく上機嫌になったらしい。

写真をもとの場所へと戻し、安藤先生は新木先生の方に手を伸ばす。報告書を安藤先生に手渡しながら、新木先生は僕を見る。まだ考えごとを続けているような表情で、口を開いた。

「ところで、ということは、火曜日《あなた》も何か、特技などを？」

僕は苦笑いを浮かべる。そうか、今の話を聞けば、当然そういうことになるのか。

「いえ、その」無意識に、ショルダーバッグのストラップを握りしめていた。「他の曜日は凄いみたいなんですけど、僕なんかは、その……」

「新木くん」ぴしり、と安藤先生が言う。「ぼくが君に教えたことは、治療の技術だけじゃなかったはずだがね」

顔を上げると、安藤先生は普段からは想像もつかない厳しい顔をしていた。と思えば、僕の視線に気付いた途端、先生は穏やかな笑みに切り替える。

「いや、これはぼくの話の持っていきかたが悪かったかな。すまなかったね。気にする必要はないさ。火曜日くんには火曜日くんにしかできないことが、ちゃんとある」

「……それって、いったい何だと思います？」

「君が自分で見つけることさ——なんて言いたいところだが、それじゃああまりに無責任か。そうだなあ」

報告書の束を僕へ差し出して、安藤先生は言った。

「恋人でも作ってみるというのは、どうだい？」

安藤先生も新木先生のことは言えないんじゃなかろうか、と僕は思う。

＊

先週と違って、一ノ瀬は十五時頃に僕の家を訪れた。

「おっ、花だ」

プレイルームへ足を踏み入れた彼女の第一声は、それだった。先週の水曜に活けた花は、いくらかは萎《しお》れてしまっていたけれど、大半がまだ活《い》き活《い》きと家を彩っている。特にプレイルームの花瓶に挿されたものは、まるで昨日買ってきたかのように艶めいていた。

「なんだなんだ、いい趣味してるじゃん。どうしたの、これ？」

「知らないよ、僕に訊かれても」

一ノ瀬のぶんのミロを作りながら、努《つと》めて平静に僕は言う。

「まっ、それはそうか」ソファにどしりと腰を下ろす一ノ瀬。「水曜日が花、ねえ。そんなイメージないけどなあ」

「……なんで、水曜日が買ってきたって思うのさ？」

「え？　だってこれ、あそこの販売車のやつでしょ？　花屋が出てるのは水曜だけだし」

ああ、と納得する。確かに、この辺りに他の花屋はない。至極もっともな推理だった。

僕がミロを手渡すと、一ノ瀬はありがと、と笑う。

「あの花屋の店員さん、すっごく強面なんだよね」

「へえ、そうなんだ」

「でも、話すと実はいい人なんだよ。取材の時に何度か買っていったことがあるんだけどさ」

「へえ、そうなんだ」

「つれない返事ですなあ」

　そんなことを言われても、仕方がない。まさか「知ってるよ」と返す訳にもいかないだろう。ましてや、今朝の話なんてできるはずもない。

　リビングに行って卓球台のセッティングをしていると、一ノ瀬の声が再び耳に届いた。

「ねー、何これ？」

　セッティングを終えてからプレイルームを覗き、しまった、と思う。一ノ瀬の手には、一冊の本があった。

　図書館から借りてきた写真集のうちの一冊だ。仕事の合間の息抜きにと読んだまま、仕舞うのを忘れていた。

「図書館の本、だよね。借りたのは――」本に挟まれた貸し出しカードを確認して、一ノ瀬は呟く。「水曜日。なんで？」

　手のひらにじとりと汗が滲むのが、自分でわかった。彼女が口にした「なんで？」の言わんとするところは明白だ。僕の知る限り、水曜日は図書館で本を借りてくるような人種じゃない。花なんかよりもずっと不自然な話だった。

耳の後ろを掻《か》きながら、僕は言葉を絞り出す。

「ええと、ああ、そう……代わりにね、借りてきて貰った」

「頼んだの？　水曜日に？　火曜日が？」

「いや、意外と仲いいんだよ、僕たち」

そそくさと卓球台へ戻り、ラケットを手に取る。そのまま壁打ちを始めたけれど、なぜだか今日は全然うまくいかなかった。

（隠しごとって、こんなに面倒なのか……）

自分ではそれなりに気をつけたつもりになっていても、思いもよらないところから次々とボロが出てくる。自分は推理小説の探偵になれない、なんてことは昔からわかっていたけれど、この体たらくだと僕は犯人にもなれそうになかった。

僕が三度目の空振りをしたところで、一ノ瀬はリビングに足を踏み入れてきた。

「……何か、あった？」

「いや、別に？」

何とか話を逸らさなければ、と必死に言葉を探す。

「あー、安藤先生に、言われたよ」

「言われたって、何を？」

「恋人でも作れば、って」四度目の空振り。かんかんかん、とピンポン球が床を転がっていく。「それでかな、ちょっと落ち込んでるんだよね、今」

「ふうん。何で落ち込むかなー、それで。作ればいいじゃん」

「無茶言わないでよ、一ノ瀬まで。こんな身体でできる訳ないじゃないか」

ピンポン球を拾い上げて、言葉を続ける。

「一週間に一度しか会えないんだよ？　そんな男と付き合ってくれる女の人なんて、どこにいるっていうのさ」

「チャレンジしてみないとわからないじゃん。案外、そういう相手の方が重くなくていい、って子もいるかもよ？」

僕は何も言わない。あまりに馬鹿馬鹿しい仮定で、返事をする気も起きなかった。話を逸らすために持ち出しただけの話題なのに、いざ喋ってみると覿面《てきめん》に落ち込んでしまう自分がいた。我ながら、何とも面倒臭い奴だ。

気が付けば、一ノ瀬は僕の隣まで歩いてきている。卓球台に浅く腰を下ろして、僕の方をじっと見つめてくる。

その眼差《まなざ》しに込められているのは、疑いの念だろうか。僕にはわからない。

「……そこに座られると、続きできないんだけど」

こちらの抗議を完全に無視して、彼女はにやりと笑った。

「まあ、どうしても相手が見つからなかったらさ。最後には私が付き合ってあげてもいいよ？」

僕は小さく溜め息を吐く。「やめてよね、そういう風にからかうの」

「ちぇー、つまんない奴」唇を尖らせて、一ノ瀬は言う。「身体がどうこうじゃなくて、そういうところだよ？　たぶん。もてない理由」

「大きなお世話だよ。っていうかもてないなんて一言も言ってないし」

卓球台にラケットとボールを置き、そっけない声で続けた。

「前にも言ったけど、面白い奴に会いたかったら他の曜日に来なよ」

一ノ瀬は僕から視線を逸らして、少しだけ天井を仰いでみせる。

「そうだねー」さらりと、彼女はそんな言葉を口にした。「確かに、その方がいいかもね」

僅かな沈黙があった。一ノ瀬は再び僕へ視線を戻して、笑う。

「って言うと、ほら、寂しそうな顔するくせに」

「……してないし、別に」

「またまたあ」

一ノ瀬は卓球台から離れて、こちらへ数歩だけ歩み寄る。

「火曜日の人生は、火曜日の好きなように生きていいと思うよ、私は。でも、それってどうでもいいって訳じゃないからさ」

ぽん、と僕の頭に右手を置いて、彼女は言った。

「幸せになりなよ、ちゃんと」

同時に彼女が浮かべた表情は、いつものものとはどこか違う、ひどくくすぐったい笑みだった。

＊

夜の玄関で、靴箱の上にあるハイヒールを手に取る。先週の火曜の朝に、僕へ向けて投げつけられた赤いハイヒールだ。

そのままドアの近くまで歩み寄ってから、覚悟を決めるように深呼吸をした。

「――『このソーロー野郎！』」

一息にそう言って、自分の額にハイヒールの踵を叩きつけた。視界で火花が散っていく中、尻餅をつく。涙目で額を押さえながら、手から零れたハイヒールを拾い上げる。

「ってててて……うーん……」

わかってはいたことだけれど、身体にはほんの少しの変化も感じられない。ふらふらと立ち上がって、ハイヒールをもとの場所に戻す。

「やっぱり、これも違うか……？」

左手に持つノートへ視線を落とす。開いたページには、何枚もの付箋が並んでいた。中央に貼られた付箋には、【水曜日に行く鍵？】と記されている。周囲の付箋には、【知らない女の人】【雨樋工事】などと書かれていた。そのうちの一枚をぺりりと剝がす。【ハイヒール】の文字をくしゃりと握り潰した。

「どうしよう……」

思わず、そんな呟きが洩れる。

明日はもう、瑞野さんのもとへ本を取りに行く日だ。就寝時刻が近付くにつれて、僕の胸には不安が広がり始めていた。

（僕は、絶対に水曜日《あした》に行かないといけないのに）

今日、僕が眠った後、次に目覚めるのがいつになるのかは自分にもわからない。その事実は動かしようがない。けれどせめて、水曜日《あした》に目覚める可能性を少しでも高くしたかった。

（前日の行動に、何か鍵があるのかと思った……けど……）

これまでの行動で剥がした付箋たちを思い出す。【熱過ぎシャワー】【散らかった服の片付け】【鉢植えからの水】——どれもただ手間ばかりがかかって、僕に何らかの変化を感じさせてくれるものなんて一つもなかった。

今となっては、ノートに残った付箋は、一人だけじゃどうしたって再現できないものばかりだ。

「あーもう、結局何だったんだ？」

ノートをぱたんと閉じて、天を仰ぐ。我ながら、無駄な努力もいいところだ。そもそも「条件」が存在していたとして、それを満たしたら何かを感じるはずだなんてどうして言えよう。結局のところ僕にできるのは、水曜日《あした》に目覚めるよう祈りながら眠りに就くことだけなのだ。

「ごめんなさい、瑞野さん……」

自分の口で約束をしておいて、守れるかどうかは運次第というのだから、これほど情けない話はなかった。

そんな風に悶々《もんもん》としている間にも時計の針は無情に進んで、五月十九日の火曜日は終わっていく。薬を飲んでベッドに入る直前、少しだけ悩んでから、僕は一枚の付箋を寝室の机に貼った。

【（水）図書館に本を受け取りに行って】

この青い付箋を剝がす人間が、どうか自分でありますように——そう祈りながら、部屋の明かりをそっと消した。

3

夢を見る。

やはり、いつもと同じ夢だ。響き続ける単調な音。その中で身じろぎもせず伏せている僕。視界の半分を満たす地面の灰色。

（まさか、今日も見るなんて……）

音は相変わらず甲高くて、自然のものとはとても思えない鋭さで、けれどやはり僕はその音の正体がわからない。

灰色をぼんやり眺めていると、やがて世界に雹のような欠片が降り注ぐ。この時点で、僕はもう次に何が起こるかを悟っている。

（少ししてから……鏡に……花弁……）

果たせるかな、視界の外から落ちてきた鏡が、数度跳ねて視界の中心に居座る。そこに映った青空に見惚れているうちに、身体の上には色とりどりの花弁が降ってくる。

（本当に……僅かだって変わらないんだ……いつも……）

鏡の中の空を、一羽の鳥が飛んでいく。いつもと同じようにゆっくりと鏡面の縁に近付いて——僅かに形を歪ませてから、分かれた。

（……あれ？）

前回の夢では辿り着くことのできなかった光景を見つめながら、僕は何かに気付く。扇の骨さながらに広がり去っていく影を、心の中で数えた。

（一、二、三、四、五……）

カウントは、そこで終わる。

（二羽、減ってる……？）

これはどういうことだろう——考える暇もなく、視界は歪み始める。ずれて重なり薄れていく世界の中で、僕は必死に手を伸ばす。触れたら折れてしまいそうな、少年の手を。何を摑みたいかもわからないままに——

そしてそんな間にも、甲高い音は流れ続けている。

世界がすっかり歪んで消える、その瞬間まで。

＊

息を切らして、木々の間を抜けていく。すれ違う人々なんて気にもかけず、アーチで飾られた道へと飛び込む。視界を満たす日差しの鋭さに、少しだけ目を細めた。

太陽は空のほぼ中心で、平日の市民公園を強かに《したた》照らしている。

「はあ、はあ……」

前に同じ道を辿った時には少しずつ足を速めていったものだけれど、今の僕はそんなまどろっこしいことはしなかった。全力疾走で、アーチを次々と潜っていく。

「はあ、はあ、はあ……」

やがて、視界の中心には図書館が現れる。自動ドアの前で、立ち止まった。

膝に手を突きながら、硝子のドアをじっと見据える。

「はあ、はあ……開いてる……」

子供たちの出入りに応じて開閉するドアの姿に、こみ上げてくるものがあった。

「勘違いじゃ、ない……」息を整えながら、うわ言のように洩らす。「本当に、また……来られたんだ……」

右拳《こぶし》を、強く強く握りしめる。思わず踊り出してしまいそうになる身体を必死に抑えて、背筋をぴんと張った。

数度の深呼吸をして、僕はドアを通り抜ける。

五月二十日、水曜日の図書館の空気は、心なしか先週よりも親しげだった。


「今朝は、大丈夫だったみたいですね」

受付で僕の顔を見た瞬間、瑞野さんはそんなことを言った。

いったい何の話だろう、と僕が首を傾げると、彼女は右手を握り、何かを掲げるようなジェスチャーをした。先週も、この図書館で彼女が見せたジェスチャーだ。

「あっ、ゴミ……」

僕が言うと、彼女は頷いた。

「朝、収集所で、家に戻っていく後ろ姿が見えたので」

「あ、はは。はははは。そうですね。今日は何とか間に合いました」

見かけたなら声を掛けてくれればよかったのに、という内心は、かろうじて口に出さずに済んだ。

「ご注文の本、届いてますけど、今受け取りますか？　それとも、館内をご覧になりますか？」

「ええと、今、受け取ります」

「わかりました。持ってきますので、少々お待ち下さい」

ぺこりと一礼して、瑞野さんが受付の奥に姿を消す。

（やっぱり、瑞野さんは綺麗だなあ）

そっと、自分の身体に視線を落とした。水曜日のタンスから拝借してきた黒いスポーツウェアを、指先で撫でる。先週に瑞野さんが言っていたシャカシャカというのは、これでよかったのだろうか。スポーツウェアという割には、妙に着心地の悪い服だけれど。

（それにしても……）

視線を上げて、周囲を見渡す。前回から一週間が経《た》っても、図書館の内装は相変わらず美しい。一階から仰ぎ見る二階の本棚の並びなんかは壮観の一言だ。

（今日はやけに、子供が多いな）

先週訪れた時も、この図書館には少なくない子供がいた。けれど今日は、あの日と比べても格段に子供が多い。特に、ランドセルを背負った小学生の姿がひどく目立っていた。

一階の中央にある大時計を確認する。時刻はまだ、正午を回ってもいない。

（この子たち、学校はどうしたんだ？）

見渡す景色の中に、一際子供が集まっている一角があった。受付から少し離れた場所に設えられた、小さなコーナーだ。

（あそこは確か、「いきもののえほん」の……）

なぜ、そんなところに子供の人だかりができているのだろう。僕が知らないうちに、子供たちの間では未曾有《みぞう》の生き物ブームが起こっているのだろうか。

「あーっ！　兄ちゃん！」

不意に、大きな声が響き渡った。奇《く》しくも、僕が眺める人だかりから上がった声だ。人だかりの中心で、一人の少年が高く手を挙げる。

(あの子は……！)

勝気な瞳に、首の後ろで束ねた長髪――先週の水曜に、僕をサッカーに誘ってきた男の子だった。明らかにこちらを見つめながら、なおも口を開こうとする男の子へ向けて、慌てて駆け寄る。

「だ、駄目だよ。図書館では静かにしないと」

「あっ、ごめん」

目を丸くして、男の子は自分の口を両手で塞《ふさ》ぐ。少しだけ声を潜めて、言葉を続けた。

「兄ちゃん、何でいんの？　忙しいんじゃなかったのかよう！」

「いや、それは……仕事でね……」

「兄ちゃん、仕事って言えば子供は納得すると思ってない？」

僕は一瞬、言葉に詰まる。見事な図星だった。

「そ、そんなことより、君、学校は？」

「今日はピーティーエーコンダンカイ？　で、二時間目で終わりなんだよ」

ふふん、と鼻を鳴らしてから、男の子は近くの壁に貼られたポスターを指す。

「だから、みんなでこれに来たんだよな」

彼の周りにいる他の子たちが、一斉に頷いた。

見れば、ポスターには「こども工作教室」と書いてある。なるほど、近隣の小学校のスケジュールに合わせてイベントを組んでいるのか。流石《さすが》は学術都市とやらの中心施設だ。

「でねー、兄ちゃん！　俺ら今日、動物の貯金箱作るんだけどさ」

傍らのコーナーから、彼は一冊の本を手に取る。その本を開こうとして、ふと何かを思い付いたように手を止めた。

「そうだ、兄ちゃん。兄ちゃんだったら何作る？」

「えーと……豚？」

「えええ、豚？　どうして豚なのさ。豚なんてかっこ悪いじゃん」

「いや、ふと頭に浮かんだから……」

「兄ちゃん、相変わらずヘンだなあ」にやりと笑って、彼は本を開いてみせる。「見てよ、兄ちゃん。俺なんてこれ作っちゃうもんね！」

ぐいと突きつけられたページには、逞《たくま》しいシマウマの写真がどんと居座っていた。

へえ、と僕。「どうして、それに？」

「そりゃー、決まってるよ！　模様がサッカーボールみたいでかっこいいじゃんか！」

えー、と声を上げたのは、近くにいた別の子供だ。眼鏡をかけた、気弱そうな男の子だった。

「模様だったら、パンダの方がボールっぽいよ、タカキくん」

　確かになあ、なんて僕は呑気《のんき》に頷いたのだけれど、タカキ君と呼ばれたサッカー少年はひどく不満そうに口を尖らせた。どうやら小学生にとって、今の言葉は戦いのゴングに等しいものだったらしい。

「イヤだよ！　パンダなんてかっこ悪いじゃん！」

「かっこ悪くないよ！」

「かっこ悪い！　千パーセントかっこ悪い！」

「ちょっと、君たち……」

　慌てて制止しようとはしてみるものの、正直なところ僕は子供があまり得意じゃない。続く言葉が出てこなくて途方に暮れていると、視界の外から涼やかな声が響いた。

「こーら！」

　その声が聞こえただけで、男の子たちの口論がぴたりと止《や》む。声の主は、いつの間にか受付から歩いてきていた瑞野さんだった。

「タカキ君。図書館では静かにしましょう、ってお姉さんと約束したでしょ？」

「ね、姉ちゃん……」あからさまに顔を赤くして、タカキ君は俯いてしまう。「でも、こいつが……」

「こいつ、なんて言っちゃいけません。仲直りして、向こうの部屋に行こう？　もうすぐ工作教室が始まるから。ほら、みんなも」

その場にいた子供たちが一斉に頷いて、瑞野さんが指さした方向へ歩き出す。猛獣使いもかくやという見事な手際だ。

タカキ君だけは、ちぇーっ、ともう一度口を尖らせたものの、それも数秒のこと。手に持った本をぱたんと閉じて、もとの場所へ戻してから、他の子供の背中を追っていった。

「兄ちゃん！　今度こそサッカー、教えてくれよな！」

小さな背中が曲がり角の向こうに消えるのを見届けると、瑞野さんはぽつりと呟いた。

「すみません、騒がしくて」

「いえ、そんな」

「そういえば」何かを思い出したらしく、瑞野さんは声の調子を変える。「これ、助かりました」

「……これ？」

彼女が身振りで示したのは、本が並んだコーナーの直上の壁に貼られた文字たちだ。色画用紙を切り抜いて作られた、「いきもののほん」という七文字。

「結局、最後の一つは見つからなくて、こんな感じで……でも、これもこれでいいかな、って職員みんなで話してたんです」

いったい何のことですか、と僕が尋ねるより先に、瑞野さんは三冊の本をこちらへ差し出した。

「お待たせしました。お取り寄せの本です。三冊とも間に合ってよかったです」

「あっ、はい。ありがとうございます」

僕が受け取ると、瑞野さんは嬉しそうな笑みを浮かべた。それだけで、僕はもう何も言えなくなる。

神様は本当に不公平だ。僕みたいな何の取り柄もない人間を作った一方で、魅力というものを、たった一人にこうもふんだんに与えてしまうのだから。

僕がそんな馬鹿なことを考えているなんて知ってか知らでか、瑞野さんは笑顔のままで再び口を開いた。

「サッカーだけじゃなくて、楽器もされるんですね」

「……はい?」

「確認のお電話をした時、後ろが賑やかだったので」

彼女の言葉の意味を理解した瞬間、激しい目眩に襲われそうになった。

「そ、それって、いつの……何曜日のことです?」

「一昨日のことだから、月曜日ですね」

(やっぱり……)

必死に踏ん張って、ふらつきそうな身体を持ち直す。脳裏には、あの花屋の店員——高橋さんとドンチャン騒ぎをしながら、瑞野さんからの電話に出る不届き者の姿が浮かんでいた。よりにもよってそいつの顔が僕と同じなのが、最悪どころの話じゃなかった。

「あー、その、電話をするなら月曜は駄目です。電話は火曜……は休みか。じゃあ……」

しどろもどろな僕の言葉に、くすくす、という瑞野さんの笑い声が重なる。

「あなたって、ちょっと変わった人なんですね」

「ふへ？」

「一昨日のことなのに、もう曜日を忘れてるなんて。ああ、そっか。だから、あんなことを頼んだんですね」

「僕が……頼んだ？」

「月曜日の電話で、言ってたじゃないですか。次に自分が図書館に行ったら、訊いてくれ、って」

「訊くって、何を？」

「またまた。これも忘れちゃったんですか？　おかしな頼みごとだったから、わたし、忘れられなかったんですよ？　ええと、こうです」

そうして、彼女は口にした。

月曜の僕が、今日の僕へ向けたという問いかけを。

「――『今は、、、、何曜日ですか、、、？』」

走り出したい衝動を必死に抑えて、足早に図書館を出る。ここに来るまでは心地よかった日差しが、今はひどく鬱陶《うっとう》しいものに変わっていた。

目を細めながら、自問する。

（何曜日ですか、だって？　月曜日の奴がそう言ったのか？）

つい先刻、自分が瑞野さんへ口にした答えが思い返された。

――「あ、はは、なんかすみません。最近ちょっと、曜日の感覚が変で。水曜、ですよね。わかってます。わかってますよ」

言いながら、もちろん僕は理解していた。そんな言葉は、投げ掛けられた問いに対する回答じゃあない。

『今は、何曜日ですか？』――その問いかけは、今日という日の曜日を尋ねている訳じゃない。問いに込められた本当の意味は、こうだ。

『お前はいったい、何曜日だ？』

（まさか……まさか……）

俯きながら、アーチを抜けていく。考えてみれば、その兆候は既にあった。昨日の朝、リビングの花瓶に貼られていた赤い付箋だ。

――【オマケを貰ったらお礼だろ】

月曜日からの付箋。あれには、宛先がなかった。ズボラな月曜日のすることだからと、これまで気にしていなかったけれど――

あれは、メッセージを伝えるべき相手が何曜日かわからなかったから、宛先を書けなかったんじゃないか？

同時に脳裏に蘇るのは、昨日の一ノ瀬の言葉だ。

――「水曜日が花、ねえ」

――「だってこれ、あそこの販売車のやつでしょ？　花屋が出てるのは水曜だけだし」

花屋の販売車が営業するのは、水曜だけだ。だから僕らのうちの誰かが花を買ってきたとしたら、それは水曜日の他にありえない。あまりに単純な論理だ。よりにもよって花屋の店員とバンドを組むような間柄《あいだがら》である月曜日が、こんな簡単なことに思い至らないはずがない。

なのに、月曜日は付箋に宛先を記さなかった。それはなぜか。

水曜にこの身体が花を買ったからといって、中身が水曜日とは限らない、と知っていたからだ。

（気付かれてる？　僕が、水曜に来ていることを――）

鼓動は早鐘のように激しくて、手のひらには汗がじっとりと滲んで、思考は同じところをぐるぐる回っていた。

「どうすればいいんだろう……どうすれば……」

そんな風に気もそぞろになっていたものだから、僕は正面に立つ人影にも気付かない。

最後のアーチを潜り抜けた瞬間、誰かに思い切りぶつかってしまった。

どん、という音とともに、僕は尻餅をつく。

「す、すみません……」

慌てて立ち上がり、同じく尻餅をついたらしい誰かに手を伸ばして——

そこで、固まった。

「……面白い奴に会いたいから、水曜に家を訪ねてさ。いなかったからここに来てみたんだけど」

中途半端《ちゅうとはんぱ》に伸ばされた僕の腕をぐいと引っ張って立ち上がり、一ノ瀬はにやりと笑ってみせた。

「どうやら会えたのは、つまらない奴の方みたいだね」

第 三 章

水 曜 日 の 憂 鬱

Gone Wednesday

episode 03

1

「――いつから？」

市民公園のベンチに座って一息ついた頃、一ノ瀬がようやく口にした言葉はそれだった。

午前の市民公園では、小学生と思《おぼ》しき子供たちが大喜びで走り回っている。図書館で会ったタカキ君たちと、同じ学校の児童だろう。公園の隅に積み上げられたランドセルをぼんやりと眺めながら、僕はぽつりと言った。

「いつからって、何のこと？」

「へー、しらばっくれるんだ」

「しらばっくれるも何も、何言われてるかわかんないし」

「あくまで自分は水曜日です、って？」

「だって、今日は水曜でしょ。何？　僕が火曜日だって疑ってるの？」

「私、火曜日なんて一言も言ってないけど」

「……あ」

しまった、と内心で歯噛《はが》みする。

いや、まだ何とか誤魔化せるはずだ。必死に平静を保《たも》ちつつ、口を動かす。

の、やめてよね」

「何となく、適当に言ってみただけだって。とにかく、僕は水曜日だから。変なこと言う

「ふうん」意味ありげに鼻を鳴らしてから、一ノ瀬は声の調子を変えた。「じゃあ、問題ね」

走り回る子供たちを指して、続ける。

「あの小学校の、水曜の朝の曲は？」

「ええと……『朝』！『ペール・ギュント』の」

「通りの販売車は？」

「花とカレー」

「でーすーが。そのカレー屋の店長の名前は？」

「……へ？」

思わず、間抜けな声を洩らしてしまった。視線を宙に彷徨わせながら、何とか言葉を絞り出す。

「は、花屋の人なら知ってるけど？」

「むしろ何で知ってるの……」呆れかえったように、一ノ瀬は言う。「知ってる訳ないでしょ、普通。店の人の名前なんて」

「……何それ？どういうこと？」

「はい」びしり、と彼女の指が今度は僕へ向いた。「ストップ。これで証明終わり」

彼女が指したのは、僕の右手だ。無意識のうちに、それは耳の後ろに回されていた。

「困ったら、耳の後ろをポリポリ。火曜日の癖だよ。気付いてなかった？」

「………」

「水曜日は、こう」

言って、彼女は顎を右手で掻いてみせる。

「木曜日はこう」

手の甲で、架空の眼鏡をくいっと上げてみせる。

「で、金曜日」首の真後ろを弄《いじ》ってみせて、最後にこう言った。「まだやる？」

「やんなくていいです……」

がくり、と僕は項垂《うなだ》れる。もしかすると、ここから一ノ瀬を誤魔化しきる手段だって無い訳じゃないのかもしれないけれど、こうまで無様《ぶざま》を晒してなお踏《ふ》み止《とど》まるほどの根性は持ち合わせていなかった。

やはり昨日痛感した通り、僕は犯人には向いていないのだ。

「僕って、そんな癖があったんだ……」

「一応言っておくけど、昨日もずっと掻いてたからね。耳の後ろ」

「……そうなの？」

「そうでもなければ、わざわざこんな昼間に様子を見に来ません」

話せば話すほど、どんどん自分の滑稽さが露《あら》わになっていく。僕にできるのは、もはや観念して天を仰ぐことだけだ。

一転して、一ノ瀬は真剣な声色になる。

「で、いつから?」

「……先週から」

「先生には言ったの?」

僕は答えない。

「……言ってないんだ」一ノ瀬が、ショルダーバッグの中を探り始める。「まずいでしょ、それ。どういうことかわかってるの?」

バッグから引き抜かれた手には、スマートフォンが握られていた。

「ちょ、ちょっと待って! 一ノ瀬待って!」

「なんで?」

「今、話したらさ、その、色々あるかも。しばらく入院になるかもしれないし……それで、この異変が治まっちゃったら……」

「…………」

「もう、図書館《ここ》には来られないかもしれない。借りたい本だって、まだまだあるし……瑞野さんにだって」

「瑞野さん、って誰?」

「図書館の司書の人。いい人なんだよ、すごく」

「ふうん……」

「あとちょっと。ちょっとだけでいいんだ。ほら、見てよ。身体なんて全然何ともないし、むしろ調子いいっていうか？」

精一杯笑って元気をアピールする僕に、一ノ瀬の視線が突き刺さる。やけに冷たい視線だった。

作り笑顔を引っ込めて、彼女へ頭を下げる。

「お願いだよ、一ノ瀬。『次』なんて、もう二度とないかもしれないから……」

十秒ほどの沈黙の後、一ノ瀬はぽつりと呟いた。

「……約束して」

彼女は立ち上がり、僕の正面に回ってしゃがみ込む。ひどく真剣な眼差しで、こちらを見上げてきた。

「ここから先、少しでも変なことがあったら、すぐに教えて。いい？」

その時、僕の脳裏に浮かんだのは、つい先刻図書館で聞いた瑞野さんの言葉だった。彼女が、月曜日の僕から預かったという伝言だ。

――『今は、何曜日ですか？』

このことについて、一ノ瀬に話すべきだろうか？

「……わかった」

僕は、ただ頷くことを選んだ。罪悪感が無い訳じゃない。けれど、一ノ瀬は「ここから先」と言ったのだ。僕は彼女を裏切っていない――そう自分に言い聞かせた。

そんな僕の様子をどう見たのか、一ノ瀬はまた少しだけ沈黙してから、やにわにこちらへ手を伸ばしてきた。

「ちょっ、何?」

僕の髪の毛をくしゃくしゃに乱して、彼女は立ち上がる。顔には、ようやく笑みが浮かんでいた。

「水曜日、髪、そんなんじゃないよ」

「……そうなの?」

「さて、と。それじゃあ行きますか」

「へ?」

「さっき言ってた、瑞野さんって人。女の人でしょ?」

「そうだけど」

「その人を、デートに誘います」

一瞬、僕の世界から音が消える。

「……ふへ?」

「とぼけたって、無駄だから。バレバレ」

「え? ちょっ、え? デート? 誘う? 今から?」

「そっ、今から」

「ぼ、僕にだって心の準備が」

「『次』なんて、もう二度とないかもしれない……んでしょ?」

一ノ瀬の指摘に、僕は何も言えなくなる。

「さあ行くよすぐ行くよ。ほら、さっさと立って!」

恐る恐る立ち上がった僕の手を掴んで、一ノ瀬は歩き出す。向かう先は、僕がさっき出てきたばかりの図書館だ。

「あー、あとさあ」

アーチの通路に差し掛かったところで、一ノ瀬は何かを思い出したように立ち止まり、手を離す。そのままこちらを振り返って、僕の全身を値踏みするように眺めた。

「火曜日って、スポーツウェア着たことある?」

「え? ないよ? 今日が初めて」

「だよね」

なぜか納得したように頷いてから、一ノ瀬は言葉を続けた。

「その服、裏じゃない? タグ、外にあるよ」

瑞野さんは、一階の受付の近くにいた。

大判の薄い本を何冊か手に持って、足早に歩いているところを見つけたのだ。ちらりと表紙を覗いてみると、子供向けの工作の本らしい。先刻たむろしていた子供たちが参加する『こども工作教室』が、今まさに始まろうとしているのだろう。

忙しそうなその姿に思わず怯《ひる》みかけたものの、踵を返そうとした瞬間、脳裏に一ノ瀬の声が蘇った。

――「『次』なんて、もう二度とないかもしれない……んでしょ？」

あの、という僕の第一声は思いの外大きくて、館内にひどくよく響いた。

眼を丸くして振り向いた瑞野さんは、相手が僕だとわかった途端、にこりと微笑んでくれた。

「ええと、何か、忘れ物ですか……？」

「いや、その……」

うまく、口が動かない。僕が必死に言葉を探していると、こちらに注がれる瑞野さんの視線が、ゆっくり下へと移動した。

何を見ているのだろう、と一瞬だけ考えて、すぐに気付く。

「あっ、服……」

図書館に入る前に着直したスポーツウェアを摘んで、僕は笑ってみせる。もちろん、楽しいから笑った訳じゃない。笑うしかないから笑ったのだ。

だって、そうだろう。着直してすぐ、瑞野さんが僕の服に注目したということは――

「これ……気付いてました？」

「ええ」

ですよね！　と心の中で叫ぶ。目の前が真っ暗になりかけた僕の耳に、慌てたような瑞野さんの声が流れ込んできた。

「あっ、でも、素敵ですよ。裏返しも」

あまりに無理のあるフォローだった。

(なんて優しい人なんだ……)

内心で感動しつつ、けれどそれを口に出すことは当たり前のように不可能で、僕はつい黙り込んでしまう。二人の間に、気まずい沈黙が流れた。

無意識に、視線は宙を彷徨う。

一ノ瀬は今、いったいどこにいるのだろう。この図書館のどこかから、僕らを見ているはずだった。

――「見せ物じゃないんだけど」

図書館の入り口で僕がそう言うと、一ノ瀬は鼻で笑った。

――「見せ物になるくらい、ちゃんと誘えるように頑張りなよ」

あの時は「なんて優しくない奴なんだ」と憤《いきどお》ったものだけれど、蓋《ふた》を開けてみればあいつの言った通りになってしまっているのだから、情けないどころの話じゃない。

(どうしよう、どうしよう……)

そういえば、一ノ瀬の奴は他にも何か言っていたな、と不意に思い出す。

――「あーもー、さっきからうるさいなあ。いい？　何か格好《かっこう》いいこととか、うまいことを言おうとするから緊張するの。そういうのは諦める。はっきり言うけど、どうせ火曜日にはやろうとしても無理だから」

（直球勝負が一番……そうだ……）

小首を傾げる瑞野さんへ向け、思い切って口を開く。

「あの、瑞野……さん！」

瑞野さんは、自分の名札に一瞬目を落としてから、はい、と返事をした。

「えっと……今日、この後、お時間とか……その！」

ありますか、まで口にすることはできなかった。けれど、瑞野さんにはしっかりと意味が伝わったらしい。

絶えず浮かべていた笑みをすっと引っ込めて、彼女は少しだけ俯いた。僕は彼女の言葉を待つ。永遠のような数秒が過ぎた後、彼女が口にした言葉は、

「今日は、仕事が遅くまでありますから……」

だった。

「そう……ですか……」

強い目眩がした。足元から世界が崩れ落ちるような感覚の中、かろうじて両足に力を込める。身体をまっすぐに保つのが精一杯だ。

（何か……何か言わないと……）

このまま無言で帰るのは失礼な気がしたけれど、だからといって何を言えばいいのかはわからない。一ノ瀬のアドバイスだって、振られた後のことまでは教えてくれなかった。

「瑞野さーん、そろそろ教室の時間です」

視界の外から、知らない声が響いた。他の職員だろう。はあい、と瑞野さんが声を返して、こちらにぺこりと頭を下げる。

ああ、瑞野さんが行ってしまう。僕はまだ何も言えていないのに——

瑞野さんの背中が遠ざかっていくのを、ぼんやりと見つめる。彼女が視界から消えた瞬間に、僕はこの場で倒れてしまうだろう。そんな確信に似た予感があった。

「………………？」

七歩ほど離れた先で、瑞野さんが立ち止まる。そのままくるりと振り返り、小走りで戻ってきた。

再び目の前に立った彼女が、俯きがちに口を開く。

「……今日は、教室の後片付けがあるので、ご一緒できないんですけど」

潜められたはずの声は、なぜかひどくはっきりと耳まで届く。

「来週なら、仕事が終わった後、空いてます」

そして、彼女は僕の顔を見上げて、にこりと微笑んだ。

「来週の水曜日じゃ、駄目ですか？」

＊

夜中の屋根裏部屋で、僕は木曜日の奴の机に向かう。

「今日も、何もない、普通の水曜日……でした！」

書き上げた報告書を、トレース台から持ち上げる。三度読み返して不備がないことを確信してから、ほう、と息を吐き出した。

先週の水曜と全く同じ内容にする訳にはいかなかったので、多少のアレンジを加えなければならず、先週よりも時間がかかってしまった。けれど時間をかけたぶん、先週を上回る出来になったと言ってよさそうだ。

「ひどかったからなあ、前のは……」

今日の報告書の参考にと改めて目を通してみて、驚いた。どうにも書いたことが思い出せない内容が、全体の三割ほどもあったのだ。いくら初めての水曜で舞い上がっていたとはいえ、あまりに情けない体たらくだった。

ひっそりと名誉挽回《ばんかい》できた気分になり、自然と口元には笑みが浮かぶ。

「さて、と……」

報告書を手早く綴じ、共有の棚に収めてから、自分の机にある本を手に取った。

本日、図書館から借りてきた写真集だ。

海外の窓を特集したシリーズの続巻だった。夜の夢見こそ変わらないものの、火曜には存在することのなかったそのシリーズは、今や僕にとって大きな楽しみになっていた。

様々な国の窓を覗き込んでいく読書体験は、長年の期待を全く裏切らない鮮烈な旅だった。その続きを味わえるとなれば、こうして本の表紙を眺めるだけで自然と中身に思いを馳せてしまい、心が躍るのが道理というものだ。けれど――

「……ふふ」

エキゾチックな住宅街を見つめながら、僕の脳裏に浮かんでいたのは遠いどこかの景色じゃなく、瑞野さんの笑顔だった。

――「来週の水曜日じゃ、駄目ですか？」

もう何度再生されたかわからない声が、耳の奥でまた響く。

「夢、じゃない……よな？」

まさか、彼女からあんな言葉が返ってくるなんて。ふと、傍らの月曜日のスペースに、小さな金属の棒があるのを見つける。途中でU字に分かれた棒だ。確か、音叉《おんさ》といっただろうか。それをひょいと拾い上げて、額に打ち付けてみた。

「あだっ！　……つぅー……夢じゃ……ない……」

涙目で額をさすりつつ、音叉をもとの場所に戻す。噛んで含めるように、一番大切な情報を復唱した。

「来週の水曜、夜の七時」

それが、瑞野さんとの約束だった。一週間後、といえばまだまだ遠いようにも思えるけれど、僕にとってはそうじゃない。次に目覚めるのが来週の火曜だとしたら、ほとんど明後日だ。

「どうしよう……ふふ……どうしよう」

生まれて初めての——デートの約束だった。

だらしなく緩んだ口で、どうしよう、ともう一度呟く。今すぐ踊り出したい気持ちと、当日のことが心配で堪《たま》らない気持ちで、胸の中はぐちゃぐちゃだった。無駄に動悸《どうき》が激しくなるばかりで、当日のプランに関しては何一つ思い浮かばない。

とりあえず習慣に従って本を手に取ってはみたけれど、このままこれを抱えてベッドに入ったところでろくに眠れはしないだろう。舞い上がりながら途方に暮れる、という奇妙な状態で僕が立ち尽くしていると、不意に電子音が響いた。

寝巻きのポケットで、僕のスマートフォンが鳴っているのだ。本を机に戻してから、誰だろう、と着信画面を見て、眉を顰める。

「……もしもし」

『あー、やっぱりまだ起きてた』

スピーカーの向こうで、一ノ瀬がそう言った。

「もう、寝るところだったんだけど」

『本当に？　どうせ火曜日のことだから、舞い上がって眠れない、とか思ってたところじゃないの？』

「……そんなことないし」思わず、拗ねたような口調になる。「もしそうだとしても、こんな夜中に電話かけていいってことにはならないよね」

『仕方ないじゃん。仕事が終わったのが今なんだから』

「え？　一ノ瀬、こんな遅くまで仕事してるの？」

『日によってはねー。今日は特に、誰かさんに付き合ったお陰で昼間サボっちゃったから。もーくたくただよ』

注意して聞いてみれば、一ノ瀬の声は、確かにいつもより疲れているような気がした。

「……別にそんなの、頼んでないし」

『あっははは、確かに。そりゃーそうだ』

外を歩いているのだろう。彼女の笑い声の向こうで、電車の走行音が遠ざかっていく。

「大丈夫なの？　こんな時間に外なんて」

『なんだ、心配してくれるんだ？』

「防犯ブザーとか、ちゃんと持ってるの？」

『あー、持ってない』言葉を切ってから、彼女はそっけない口調で続けた。『あんまり好きじゃないんだよね、ああいうの』

「何それ、好き嫌いの問題？」

『まー、いいじゃんいいじゃん。こうして電話は持ってるんだし大丈夫だって』

僕の口が、勝手にへの字を象る。心配して損した、と内心で呟いてから、問うた。

「……で、何の用？」

一ノ瀬が僕にわざわざ電話をかけてくるというのは、ひどく珍しいことだ。

『来週のデート、どんなプランにするか、全然思い付いてないんでしょ』

「……そんなの」

『「頼んでないし」って？　昼間あれだけ「どうしよう」「どうしよう一ノ瀬」って言っておいて？』

「むぐ」

『私もあんまり、そういうのは詳しくないんだけどさー。少しだけ、調べてみた。水曜の夜だと、映画とかがいいみたい』

「映画？」

間抜けにオウム返《がえ》しをする僕。映画――昼間からずっと悩む中で、僕の脳味噌《のうみそ》が一度も導き出さなかった選択肢だ。

『うん、レイトショー。駅前のシネコンでさ。水曜ってレディースデーなんだよね』

「レディースデー？　何それ？」

『うっそ、知らないんだ。女性だけ千円で観られる日』

「え？　そんなのあるの？　水曜だけ？　それってずるくない？」

『普通はそこ、女性だけずるくない？　って言うんだけど』

呆れた声でそう言ってから、とにかく、と一ノ瀬は続けた。

『どうせ、他にいいのも思い付かないでしょ？　映画《それ》にしなよ。相手の料金は大事だよ。火曜日は、あれだからさ。当日「奢《おご》る」って言い張っても、結局相手に押し切られて別会計になっちゃうタイプだから』

「一ノ瀬、僕のこと読み過ぎじゃない……？」

少しだけ反論を探してみたけれど、悔しいことに、彼女の言葉を否定する材料は見当たりそうもない。一旦《いったん》スマートフォンを口元から離して、溜め息を一つ。

「わかった。考えてみる」

『よしよし。他に何か、訊いておきたいこととかは？』

「えーと、そうだなあ」少しだけ悩んでから、口を開く。「水曜日って、どんな感じだった？」

『どんな、って？』

「今日、髪型が違うって言ってたでしょ。他には？　癖とか、話し方とか。瑞野さん、水曜日の知り合いなんだよ。合わせた方がいいよね？」

『……あー、ごめん。実は、火曜日ほどは知らないんだよね』

なんだ、と僕。一ノ瀬の奴、いつも知ったような口を利いているくせに、妙なところで詳しくないんだな。

『とりあえず、何でも片付け過ぎたらバレるかもね。水曜日って、そんな綺麗好きじゃなかった気がするから』

「なるほど、そっか」

素直に頷いた。その情報だけでも、あるのとないのとでは大違いだ。とりあえず、家の中はもう少し散らかしておいた方がいいかもしれない。そうじゃないと、万が一彼女を家に招いた時に怪しまれる恐れがある。

「って何いきなり家に呼ぶ想定をしてるんだ僕は」

『え？　なに？　家？』

「や、何でもない何でもない」

落ち着け、と自分に言い聞かせる。浮き足立つのも仕方がないとはいえ、あまりに焦り過ぎだ。自分自身ですら若干引いてしまうのだから、こんな焦りを瑞野さんに見抜かれたらどうなることか――

『――ねえ、聞いてる』

「ふへ？」

一ノ瀬の声で、我に返る。どうやら必死に心を落ち着けているうちに、音が耳に入らなくなっていたらしい。

「ご、ごめん。なに？」

『だから、大丈夫なの？　って訊いたの。水曜日、仕事とかやってなかったっけ？』

「……ああ、そのこと」

『先週から、水曜も火曜日なんでしょ？　仕事があったら無断欠勤になってるんじゃないの？』

流石、一ノ瀬は鋭い。僕が今日になってようやく思い至ったことに、こんなにも早く気付くなんて。

「正直、よくわからないんだよね」僕は素直に答える。「報告書を読んでると、たまにスポーツのインストラクター？　みたいなことをやってるんだけど、毎週じゃないし、一週おきみたいな規則性もないし、っていうかそもそも職場の名前も書いてないし」

『そっか』少しだけ間を空けて、一ノ瀬は続けた。『それじゃあ、仕方ないか』

「もしかするともう無断欠勤してるかもしれないけど、それはもう、家に連絡がきたら謝るしかないかなって」

『まあ、水曜日は気の毒だけど、だからって火曜日が悪いことしてる訳じゃないしね』

一ノ瀬の言葉に、僕の胸がずきりと痛む。

（……本当に？）

『それじゃあ、また来週。火曜にそっち行くから』

一ノ瀬は最後に、一際真剣な声で言った。

『昼間にも言ったけど、何かおかしなことがあったら、すぐに教えること。いいよね？』

「……うん、わかってる」

『よろしい。それじゃあ、おやすみ』

幸せになれよー、と呟いて、彼女は通話を終える。

屋根裏部屋に静寂が戻っても、僕はしばらくの間、その場を動くことができなかった。

通話を始めた時には胸を満たしていたはずの高揚《こうよう》は、いつの間にかどこかへ遠ざかっていた。一ノ瀬の問いが、僕の頭を一気に冷やした形だった。

――『先週から、水曜も火曜日なんでしょ？　仕事があったら無断欠勤になってるんじゃないの？』

全くもって、一ノ瀬は鋭い。あまりにも、鋭過ぎる。

彼女の問いの本質は、仕事の欠勤なんかじゃない。自覚的にせよ無自覚にせよ、結局のところ彼女が問うているのは、こういうことだ。

――『水曜日はどうなるの？』

火曜日である僕が今ここにいるのならば、もともとここにいたはずの水曜日は、いったいどこに行ったのか。僕が不覚にも今日ようやく気付いて、けれど答えを出すことができず、目を逸らし続けていた問いだった。

だって、そうだろう。水曜日がどこに行ったのかなんて――もしこのままずっと僕が水曜日に目覚め続けたとしたら、水曜日はどうなってしまうのかなんて、そんな仮定はあまりに重過ぎて、想像するだけで目眩がする。

僕が悪いことをしている訳じゃない、と一ノ瀬は言った。その言葉に、頷いてもいいのだろうか。安藤先生に連絡をしないで、僕がこの曜日に居続けること――それ自体が罪じゃないと、どうして言えるのだろう。

スマートフォンを仕舞いもせずに、立ち尽くす。一人で抱えるには、手に余る悩みだ。けれど同時に、この悩みは僕一人で抱えるしかないものだということもわかっていた。

そもそも僕の現状を把握している人間が、自分自身を除くと一ノ瀬しかいないのだ。そして一ノ瀬は、これ以上僕に「何か」があったら病院に連絡するつもりでいる。かと言って、新しく誰かに現状を打ち明けるのは論外だ。それこそ、どこから病院に話が伝わるかわかったものじゃない。

(瑞野さん……)

幸運にも辿り着いた、これまで辿り着けるとは夢にも思っていなかった、水曜の世界。自分から捨てる気になんて、なれる訳がない。

「ああ、でも……」

呻《うめ》きのように、声が洩れる。水曜日の安否がどれだけ気にかかっても、そのことを相談できる相手はいない。あまりの閉塞感に、膝から崩れ落ちそうだった。

「……いや」

ふと、気付く。

(相談できる相手は、本当にいない……?)

い、いや、そうじゃない。今の僕の状況を知っていそうな相手が、もう一人いるじゃないか。

「月曜日……」

傍らのスペースに並んだ楽器の数々を見つめながら、ぽつりと呟いた。

――『今は、何曜日ですか？』

水曜の僕へ向けてそんな問いを投げ掛けてきた、月曜の僕。水曜にいるのが「水曜日」じゃない可能性について、奴は間違いなく思い至っている。

（けれど……信用していいのか？）

わからなかった。もしかすると月曜日は、現状を病院へ報告するつもりかもしれない。何せこれは、奴にとっても自分の身体の異変なのだ。奴が報告をしていないのは、まだ水曜にいるのがどの曜日か判明していないから、というだけのことかもしれなかった。

しかし同時に、僕らの身体がどうなっているかを、奴が僕以上に理解している可能性だってあった。月曜にいながらにして、水曜の変化を嗅ぎ取った男だ。奴から情報を得られれば、僕が抱えている悩みなんて簡単に解決してもおかしくはない。

おもむろに、水曜日の机に歩み寄る。引き出しから、灰色の付箋を取り出した。手近なペンを握って、走らせる。宛先は書かなかった。水曜日に似せた筆跡で、ただ一言、事実だけを記した。

付箋を貼る場所は、月曜日のアンプの裏にした。わざわざ楽器を演奏しようとしなければ視界に入らない位置。全ての曜日の中で、月曜日だけが気付けるメッセージ。

決して剝がれないよう丁寧に貼り付けてから、付箋の内容をそっと読み上げた。

「――【水曜日が消えた】」

月曜日。

僕らの身体に起こっていることを、君はどこまで知っている?

2

夢から目覚めた瞬間にそこが火曜だと気が付いたのは、身体を起こす前からもう、自分の隣に誰かの気配を感じたからだ。

(またか……)

寝室のベッドの中で、声を出さずに唸った。先週も先々週も、火曜の朝のベッドには、僕以外の誰かがいた。月曜日の奴が、勝手に招いた相手だ。

(そういえば、これも変だよな)

これまでの十六年――僕にとっては二年と四ヵ月だけれど――月曜日がこんな風に誰かをベッドに招いたまま夜を越したことはほとんどなかった。それなのに、最近になって急にこういうことが増えたのだ。

(何か、あったのかな。あいつに……)

例えば、これまでは守っていたギリギリの節度を踏み越える気になってしまうような、何かが？

寝ぼけた頭で少しだけ考えてみたけれど、結論は出なかった。なんて呑気な思考を巡らせたりしているのは、もちろん自分の隣に寝ている相手を確認したくないからだ。我ながら健気《けなげ》な現実逃避だった。

とはいえ、このまま永遠に布団にくるまっている訳にもいかない。二度ほど深呼吸をしてから、目を見開く。耳の奥に蘇ったのは、先週の火曜に囁《ささや》かれた、花屋の高橋さんの言葉だ。

――「続き、する？」

どれだけ想像を巡らせても、あれ以上の衝撃はありそうにない。あれを経験してしまった僕が今更恐れるものなんて、何もないはずだった。ましてや、これまでと同じように無様な悲鳴を上げることはありえない。そうに決まっていた。

（もう、どうにでもなれだ）

半《なか》ば投げやりに勢いをつけ、僕は身体を起こす。そのまま自分の隣へ視線を注いで――

「つきゃああああああああああああああああっ⁉」

何とも無様な悲鳴を上げた。

まだ身体も固まっている朝に、屋根裏部屋までそれを運ぶのは、随分と骨が折れた。

肩に担いできたものを、月曜日のスペースに置く。どん、と重い音がして、部屋の埃が舞い上がった。

もともと相当な数の楽器が並んで余裕がない月曜日のスペースは、新たな荷物が加わることでいよいよ足の踏み場もなくなってしまう。構うものか、と僕は思う。何せ彼をこの家に連れてきたのは、他でもない月曜日なのだ。

自分が置いた荷物を、改めて眺める。

僕が一夜を共に過ごした相手の姿を。

「……はあ」

深く、溜め息を吐いた。

それは、一体の人形だった。大人の男性を模したもので、つるりとした全身には青い作業服を着たようなペイントが施され、頭にはヘルメットを被《かぶ》っている。赤い棒を持った右手は、僕が置いた勢いのせいか、微かにゆっくり揺れていた。

工事現場に置かれている、注意喚起用の人形なのだった。野外では随分と人間っぽく見えるはずのそれは、室内にあると不思議なほど人間離れした印象になる。屋根裏の控えめな明かりに照らし出される様は、ちょっとしたホラーのようだった。

「こんなの、どこから持ってきたんだよ……」

全身に泥のような疲れを感じながら、僕は傍らにあるアンプに歩み寄る。のろのろとした動きで、その裏を覗き込んだ。

先週の水曜に、灰色の付箋を貼った場所。

そこには、何もない。僕が貼った付箋も残っていなければ、月曜日が新たな付箋を貼っているということもなかった。

力なく、膝を突く。月曜日、と思わず声を洩らしていた。

「君はいったい……何なんだ……」

生まれてこのかた、直接話したこともない同居人。彼が敵なのか味方なのかは、わからない。けれど一つだけ、明らかなことがありそうだった。

「君に少しでも期待した、僕が馬鹿だったよ……」

五月二十六日、火曜の朝の屋根裏で、僕は一人、呟いた。

工事現場の人形だけが、一夜を共にした僕を励《はげ》ますように、腕を揺らし続けていた。

＊

僕が住む一軒家は、様々な場所にカメラが設置されている。

僕らの症状を映像でも観察するために、病院が用意したものだ。

もちろんカメラは、死角なく隅々《すみずみ》にまで設置されている訳じゃない。最低限のプライバシーは守れるように、リビングや廊下などの他人に見せても問題がない場所を選んで設置されていた。子供の頃は寝室にもカメラがあったものだけれど、十八歳の時に話し合いの末撤去された。「睡眠中の様子はとても大切なんだけれどねえ」と安藤先生は渋《しぶ》い顔をしていたものの、現在の月曜日の所行を考えると英断だったとしか言いようがない。

映像は定期的に病院に回収されて、僕らの報告書と同じように保管されている。安藤先生の研究室にある、書類棚の上に置かれた段ボール箱の中身がそれだ。

「ちょっと待っていてくれるかな」

今日の安藤先生は、諸々《もろもろ》の検査を終えた僕を研究室に通した後、内線で呼ばれて部屋を出ていった。どうやら先生は本当に忙しい人らしく、月に一度はこういうことがある。それがよりにもよって今日だというのがよくなかった。

先週は検査に立ち会っていた新木先生も、今日はいない。研究室に、僕は一人で残されていた。そして僕の頭の中は、明日に待つ瑞野さんとのデートのことでいっぱいだった。

だから、魔が差したのだ。

「よい……しょっと」

部屋の隅にあった脚立を、書類棚の前へと運ぶ。書類棚は随分と高くて、脚立の天辺《てっぺん》に乗らないと、上に置かれた段ボール箱を見下ろすことはできなかった。

「ちょっとだけ……ちょっとだけだから……」

脚立の上で背伸びをしながら、隙間なく詰め込まれたDVDケースのラベルを確認していく。探しているのは、もっとも新しい水曜日の映像だった。

明日のデートに向けて、水曜日の様子を少しでも予習しておきたかったのだ。

こういう形で席を外した時、安藤先生はまず間違いなくしばらく戻ってこない。少しだけディスクを借りて、デスクに置かれたパソコンで中身を観てからもとの場所へ戻すだけの時間は充分にあるはずだった。

(どうせ、僕自身の映像なんだ。ちょっとくらいなら――)

そんなことを考えた、罰があたったのだろうか。

「――あ?」

不意に、僕は目眩に襲われる。五感の全てが同時に遠ざかっていくような、強烈な目眩だった。

身体にうまく力が入らない。ぼやけた視界がぐるりと回る。どこかで、何かが崩れるような音がした。

気が付けば、視界の奥には天井がある。全身に痛みが戻ってきて初めて、自分が床に転がっていることを理解した。身体の上に散らばっている四角い板たちは、ああ、そうか、棚から落ちたDVDのケースだ。

(何だか、似てるな)

はっきりとしない頭で、そんなことを考えた。何に似ているのか、と遅れて自問をして、思い至る。

(ああ、夢だ)

幼い頃から繰り返し見る、灰色の世界の夢に似ているのだ。地に伏せた自分、その上に降ってくる透明な欠片たち――

　身動きすらとれず僕がぼんやりと思いを馳せていると、遠くから声が聞こえてきた。男の人の声だ。どうやらその声は遠くからのように聞こえるだけで、実際にはひどく近い場所で響いているらしい。

「――大丈夫ですか⁉」

　視界の中心に現れた新木先生は、心配そうにこちらを見下ろしてそう言った。

　新木先生の作ってくれたミロを口に含むと、身体が内側からじんわりと温まるのがわかった。

「……本当に、大丈夫ですか？」

　もう何度目かわからない問いかけを、新木先生は口にする。

「大丈夫です。すみません……」

「いえ、謝る必要はないんですが」

　新木先生は、安藤先生のデスクの傍らに立って、丸椅子に座る僕を見つめている。その視線はいつかと同じく、僕の何かを探る疑いの目であるように思えた。

　もちろんそれは、こちらに後ろめたいことがあるからそう感じるだけなのかもしれないけれど――

「本当に、すみません。ご迷惑をかけて」ぺこり、と僕は頭を下げる。マグカップを少し持ち上げて、続けた。「ミロ《これ》も、その、おいしいです」

「それはよかった」にこり、と笑う新木先生。「私はそういった、何と言いますか、子供が好みそうな飲み物はあまり好きではないんですが、喜んで頂けて何よりです」

口に運ぼうとしたマグカップを、僕はぴたりと止める。そのままそっと安藤先生のデスクに置いた。

どうやら新木先生は、安藤先生の椅子に腰掛けるつもりはないらしい。立ったまま、こちらへ向けて口を開いた。

「それにしても、いったい何をしようとしていたんですか？　脚立になんて上って」

やっぱり、それを訊かれたか――心持ち小さくなって、僕は答える。

「その、ちょっと昔の自分の映像とか、借りれないかって思って……」

「……それは、他の曜日の自分を見たかった、ということですか？」

お見通しか、と新木先生から目を逸らした。「駄目、ですよね。すみません」

「……安藤先生からもお話はあったと思いますが、今のあなたではないあなたの姿を映像などで観ることは、主治医の指導のもと慎重に行われなければいけないことです」

僕は頷く。その話は、もう何度も安藤先生から聞いていた。

例えば、僕のポケットには今、スマートフォンが入っている。この機械を使えば、今の自分の映像を撮影して、それを他の曜日に見せることは簡単だ。けれど、僕らはそれをかたく禁じられていた。

「あなたの症状は、他に同様の症例が見られない特殊なものです。何が引き金になって症状が変化するかわからない。自分と同じ姿をした存在が、自分ではない『誰か』として振る舞う様を目の当たりにすることが、あなたの脳にどう影響するかは未知数です。症状が快方に向かうこともあるかもしれませんが、悪化する可能性も同じく存在する」

もう一度、僕は頷いた。その様子を見て、新木先生はふう、と息を吐く。

「もちろん、そのような不確定な状況を長く放置している私たち医師も、責任を感じるべきなんですが」

「いえ」今度は、首を横に振る。「先生たちには、感謝してます。そういう制限とか、薬とかのお陰で、僕らの症状は安定してるし……」

少しの沈黙があった。

その間、新木先生は何かを考えるような表情で、じっとこちらを見下ろしていた。やがて気まずくなった僕が言葉を探し始めた頃、彼は一段声を低めて、ぼそりと呟いた。

「……本当に、安定しているんでしょうか」

「え？」

「毎日毎日、人格が入れ替わってしまう。一つの人格は七日に一度しか目覚められないのだから、当然日常生活には大きな支障が生じている。そのような境遇で多方面にて成果を収めているのは素晴らしいことですが……これを、安定していると言っていいんでしょうか」

「それは……」

　思わず、言葉に詰まる。

　この人は、いったい何を言っているのだろう。新木先生の話は、僕にとってさっぱり意味のわからない話だった。

（……いや）

　きっと、本当はそうじゃない。心の底では、理解していた。僕らだって昔は、新木先生と同じことを考えた時期があったのだろう。それはもはや、僕の記憶には残っていない時期のことだけれど。

　曜日ごとに入れ替わる、七人の自分――辿り着いたサイクルがあまりに完成され過ぎていて、いつしか麻痺《まひ》してしまった感覚。けれど、僕らと共に十六年の月日を歩んだ訳じゃない新木先生の感覚は、まだほんの少しだって麻痺していないのだ。

「失礼にあたるかもしれませんが、はっきりと言います。これは、医療に携わる者として忘れてはいけないことだと、僕は思っている」

　僕の眼前まで進んで、新木先生は床に膝を突いた。こちらと目線を合わせて、はっきりと告げる。

「あなたの今の状態は、異常です。あなたにとっての『安定』とは、睡眠の度に人格が入れ替わるような状態から解放されることだ」

「けど……」思わず、僕は反論していた。「この身体が治るってことは、僕らが七人じゃなく、たった一人になるってことで……それは……」

僕にとって、死ぬことと何が違うんですか？

言葉の最後は、口にすることができなかった。脳裏には、ここ二週間、目覚めることができていない水曜日のことが浮かんでいた。

けれど新木先生は、音にならない部分までしっかりと僕の言葉を理解したようだった。

「あなたは、何かを失う訳ではありません。安藤先生は、フィルターという言い方をしましたね。そのフィルターがなくなれば、あなたは脳の全てを自由に使えるようになる。なくなるのではなく、広がるんです。世界が、できることが」

「でも、フィルターがなくなった時の僕が、今の僕と同じとは……」

「ふむ、そうですね」

少し考えてから、新木先生は続ける。

「これは私事ですが、私は小学生の頃まで、ひどく気弱な子供でした。今になって思い返せば、あの頃の自分はとても今の自分と同じ存在だと思えない。彼の考えることは、今の私にはさっぱりわからない。けれど、確かにあれは私でした」

そういうことだとは考えられませんか、と新木先生は問う。こちらを見つめる眼差しには、やはり何かを探るような気配があった。今度こそ勘違いじゃありえない、はっきりとした気配だった。

(疑われてるんだ、僕は……でも、何を？)

まさかこの人は、僕らの身体に起こっている異変に気付いているのだろうか。

研究室に、再びの沈黙が降りる。先生の問いに、僕は答えることができなかった。

3

その工事現場は住宅地の外れ、移動販売車が停まる広場のすぐ近くにあった。普段僕が使う道から、少しだけ外れた通りだった。

「んっ――しょっと！」

真夜中の路上に、僕と一ノ瀬の声が響く。その響きが思いの外大きかったものだから、僕は慌てて口を押さえた。

そんな僕の様子を見て、一ノ瀬は笑う。

「心配し過ぎ。誰もいないよ」

確かに、大通りから外れているせいか、歩道にも片側一車線の車道にも、僕ら以外の気配はない。等間隔に配された街灯と、工事現場のフェンスに張り巡らされた赤い照明だけが、世界を寂しげに浮かび上がらせていた。

胸を撫で下ろした僕の首筋を、するりと夜風《い》が滑っていく。

乱れた息を整えながら、眼前に置いたばかりのそれを見る。二人でここまではるばる運んできたものだ。

「……一ノ瀬、本当にここでいいの?」

「たぶんねー。この辺り、他に工事してるとこないし」

フェンスから放たれる赤い光の中で、作業服の人形は、心なしか嬉しそうに腕を揺らしていた。

「それより、もう一度訊くんだけどさ」腰に手を当ててぐいと身体を伸ばしてから、一ノ瀬は続けた。「何ともないんだよね、体調」

彼女の真似をするように身体を伸ばして、僕は答える。

「大丈夫だって、ほら。全然平気」

「なら、いいんだけど」

ショルダーバッグからスマートフォンを取り出して、一ノ瀬は僕へ示す。眩しく光る画面には可愛らしい豚のイラストがあって、その上で現在時刻が主張していた。

二十三時五十一分。日付が変わるまで、あと少しだ。

真剣な顔で、一ノ瀬は言う。

「今ならまだ、間に合うよ?」

「……何度も言わせないでよ」画面の光が眩しくて、目を逸らした。「今日は、寝ない。もう決めたんだ」

先々週と先週の二週間、僕は連続で水曜に目覚めることができている。けれどそれは、いつまで続くかわからない奇跡だ。今日ベッドで眠りに就いた後、明日も目覚めることができるなんて保証はどこにもない。

「来週に目が覚めて、『ああ無理だったか』なんて訳にはいかないんだから――明日だけは」

何せ明日は、瑞野さんとのデートなのだ。僕が眠っている間、約束の場所で待ち惚《ぼう》ける瑞野さんの姿を想像するだけで、胸が締め付けられるようだった。

僕らの人格は、睡眠を境に入れ替わる。この十六年、ずっとそうだった。これから明日まで眠りさえしなければ、僕は僕のまま待ち合わせ場所に辿り着けるはずだ。

一ノ瀬は、苦いものでも口に含んだように眉根を寄せた。

「せめて、薬くらいは飲んだ方がいいんじゃない？」

「あの薬、飲むとすぐ眠くなるんだよ」

「……そっか」

ふう、と息を吐いてから、一ノ瀬は笑った。

「じゃーまあ、仕方がないか！」

スマートフォンを手早くバッグに仕舞って、彼女はすたすたと歩き出す。

「ちょっ、待ってよ！」慌てて僕は後を追う。「一ノ瀬こそ、大丈夫なの？　こんな時間で、その、明日の仕事とか」

「あー、それは別に心配しなくていいよ。一晩くらい付き合ったって、何とかなるから」

「え？　一晩？　っていうかこれ、どこに歩いてるの？」

一ノ瀬は答えない。角を曲がった彼女に小走りで追い付いて、僕は目を細める。そこには、見慣れない光があった。暗い夜道には不釣り合いな活気に満ちた、緑色の明かりだ。

「あっ……」

光の正体を頭が理解するより先に、心臓がどくんと高鳴った。

一ノ瀬が立ち止まり、こちらへ笑いかける。

「こうなったら、腹を括《くく》って楽しむしかないでしょ。生まれて初めての夜中ってやつをさ」

そして彼女は、傍らにある店を指し示して、手柄《てがら》でも挙げたように胸を張った。

「ほらほら、ようこそ、夜中の世界へ！」

軽快なメロディを響かせて、僕の前でコンビニエンスストアの自動ドアが開いていく。

緑の看板の下で光るデジタル時計は、零時二分を告げている。

五月二十七日、水曜日の始まりだった。

午前二時を回った頃、僕の家のプレイルームで、一ノ瀬はくすくすと笑った。

「……どうしたのさ、急に」

キッチンから僕が問うと、彼女はソファに座ったままこちらを振り返った。

「これさー、やっぱり買い過ぎだって」

彼女が身振りで示したのは、目の前のテーブルに広げられた食べ物の数々だ。スナック菓子にポップコーンにチョコレート、はたまた唐揚げやアメリカンドッグまでが所狭しと並んでいる。

確かに僕も、帰宅して我に返った時には同じことを思った。けれど、仕方がないだろう。無意識に口を尖らせて、言う。

「だって、本当にこんな夜中に開いてるのかって、感動しちゃって……」

「コンビニであんなにはしゃぐ奴、初めて見た」

一ノ瀬はもう一度声を出して笑ったけれど、その様子にはほんの少しだって嫌な雰囲気はなかった。さて、とソファの背もたれに顎を載せて、彼女はこちらを見上げてみせる。

そのまま唇を開く様は、何だかひどく艶っぽかった。

「そろそろ、電気消そっか」

「……もう？」

「むしろ遅いくらい。夜中っぽいこと、しようよ」

僕の喉が、ごくりと鳴った。返事を待たず、一ノ瀬は部屋の照明を落とす。

闇《やみ》に包まれた室内で、彼女はごそごそと蠢いて——数秒後には、新しい明かりが僕らを照らし出した。

プレイルームに置かれた、小型のテレビが放つ光だ。

「深夜にやってるのって、コンビニだけじゃないんだね」お湯を注いだカップ麵《めん》を二つ持って、一ノ瀬の隣に座る。「まさか、レンタルショップまでやってるとは思わなかった」

「最近はもう、かなり減ったけどねー。そういうの」

「そうなの？」

「っていうか、そもそも店が減ってる。ほら、今って配信とかがあるから」

「じゃあ、今日もそれでよくなかった？」

「わかってないねー。こういうのがいいの。夜中といえば、部屋で観るレンタル映画。これが鉄板」

「……そうなの？」

「風情、っていうやつだよ。部屋が暗ければなおよし」

一ノ瀬の言葉に、僕は首を傾げる。「ほらほら、デートの練習にもなるでしょ？」なんていう彼女の口車に乗せられてここまで至った訳だけれど、未だにどうにも騙されている気がして仕方がなかった。

カップ麵の蓋を開けて、中身をかき混ぜながらぶつぶつ呟く。

「映画なんて、昼間でも観られるでしょ。ましてやレンタルだよ？」

投げやりな気分で、麵を啜《すす》った。そんな僕の様子を横目に眺めて、一ノ瀬は言う。

「そういうことを言ったら、カップ麵だって昼間も食べられるね」

「…………」

「……でも？」

「夜中の方が、美味しい……」

「そうそう」我が意を得たり、と一ノ瀬は笑う。「わかってくれたようで何より」

思わず僕も、つられて笑ってしまう。参った。こちらの負けだ。

何だか、ひどく奇妙な気分だった。今までの自分だったなら、とっくの昔に意識を失っている時刻に、僕はいた。そして僕の前には、まだ二十時間以上もの時間が広がっているのだ。そのことが、不意に実感されていた。

「……違うな」

僕がぽつりと洩らすと、一ノ瀬がうん？　と首を傾げる。

「二日あると、世界が違う」

まるで、見渡す限りの未踏の広野に立っているような気分だった。

(一ノ瀬も、瑞野さんも、安藤先生も……みんな、こんな広い世界に生きてたんだなあ)

胸にじんわりと温かいものが広がっていく。そうなると現金なことに、これから観る映画にも俄然《がぜん》興味が湧いてくる自分がいた。

(いったい、どんな映画を借りてきたんだろう)

僕が店でいくら頼んでも、一ノ瀬は選んだ映画を明らかにはしてくれなかった。

(たぶん、恋愛ものだろうけど……)

何せ、明日——いや、もう今日というべきか——僕が瑞野さんと観に行く作品は、近頃話題の恋愛映画だ。その予習となれば、同じジャンルを観るのが一番だろう。一ノ瀬がレジに数本のＤＶＤを持っていく時、一本だけタイトルがちらりと見えた。全ては読めなかったけれど、そこには確かに「ラヴァーズ《恋人たち》」の文言があった。

正直なところ僕は恋愛ものがあまり得意じゃないのだけれど、だからこそこうして予習する甲斐《かい》があるというものだ。

闇に浮かび上がる画面に、映画配給会社のロゴが表示されて消えていく。そのままぼんやりと見つめていると、やがて映画のタイトルが現れた。

――『シャーク・ラヴァーズ』。

「……へ？」

……シャーク？

目に飛び込んできた単語に、思考がフリーズする。確かに、ラヴァーズという単語はあった。けれど、そこにくっついているもう一つの単語が、おかしい。シャーク、だって？

こんなに嫌な予感がする単語はそうないぞ。

恐る恐る、ソファの傍らに置かれたレンタルショップの布袋を開ける。テレビ画面の明かりを頼りに中身を覗き見て――そっと、袋を閉じた。

（『ゾンビ・ブシドー』……『声を漏らせば』……『チェンソー・マンション』……）

「あの、一ノ瀬さん」

「んー？」

「僕が観るの、恋愛映画って言ったよね？　一ノ瀬は『参考になる』って言ってたよね?」

「大丈夫。男と女が出てきたら大体一緒」

「……ほんとに?」

一ノ瀬の声色があまりに自信に満ちているものだから、僕はそれ以上何も言えなくなる。画面には、いつの間にか海外のビーチの景色が広がっていた。

普段は好む遠い国の景色だというのに、ほんの少しだって僕の心は動かない。その理由はわかりきっている。

「……ねえ」

「今度はなに?」

「男と女、出てきてないけど。みんな死体で」

「いるじゃん、ほら」

「どこ?」

カップ麺を啜りながら彼女が指さしたのは、血に染まった砂の上を這《は》い回る、二尾の巨大な鮫《さめ》だ。

「こっちがオスで、こっちがメス。素敵なラヴァーズ」

「……それでいいの?」

「いいの」

真夜中の部屋で、心の底から呟いた。

「……ほんとに？」

「ねっ、参考になったでしょ？」

言いながら、一ノ瀬はリビングのカーテンを開け放つ。鋭い朝日がプレイルームへと突き進んで、部屋を隅々まで照らし出した。

「さあ、どうなんだろう……」眩しさに目を細めて、僕は呟く。疲労のためか、声はひどく嗄《か》れていた。「よくわかんないよ、もう」

「なんだなんだ、だらしないなーもう」

プレイルームのソファに身を沈めた僕の前に立って、一ノ瀬は腰に手をあてる。いつもとほんの少しも変わらない声で、言った。

「寝ないって決めたんでしょ。ほら、しゃきっとしないと」

「わかってるけど……瞼が重い……」

「まあ、初めての徹夜ならそうなるか」

「いや、映画で疲れたんだよ……」

えー、と一ノ瀬が意外そうな声を上げる。むしろ僕には、彼女がどうしてこうも元気なのかが不思議で仕方ない。僕なんか、瞬きをする度に瞼の裏で血飛沫《ちしぶき》が飛び散ってしまう有様なのに。

「仕方ないなー。ほら、飲み物淹《い》れてあげるから。ミロでいい？」

「いや、今はコーヒーで……」

「コーヒーって、あれは月曜日のでしょ？　付箋あったよ」

「いい……バレたら謝るから……」

一ノ瀬が足早に視界から消えて、すぐにキッチンで物音が響き始める。天井をぼうっと見つめていると、彼女の声が再び聞こえてきた。

「流石に私もこれから仕事に行かないとなんだけど、大丈夫？」

「ん――……」

「そんな調子のままデートに行ったら、間違いなく振られるからね。夜までに復活しておかないと――」

「ねえ」

一ノ瀬の言葉を遮《さえぎ》って、ぽつりと呟いた。何かを考えて口を開いた訳じゃない。寝不足でうまく働いていない頭が、勝手に言葉を紡いでいた。

「なんで一ノ瀬は、僕に構うの？」

沈黙があった。それは数秒だったように思うけれど、もしかしたら数分だったかもしれない。僕の頭はぼんやりとしていて、正確な時間なんてわからない状態だった。

とにかく、朝のプレイルームには物音一つ響かない時間が訪れて――その時間の最後に、一ノ瀬は独《ひと》り言《ごと》のように洩らしたのだ。

「前にも、言ったでしょ。大事にするタイプなんだ、私。同居人とかさ、そういうの」

「……一ノ瀬は、同居人じゃないじゃん」

「うん、そうだねえ」

彼女が何を言いたいのか、僕にはよくわからなかった。

やがて湯気の立ち上るマグカップを一ノ瀬が持ってきて、テーブルに置いた。ゆっくりと身体を起こして、僕はカップを口に運ぶ。あまりの苦さに眉を顰めながら、ふと思い付いたことを口にした。

「僕たちってさ……僕たち七人のことだけど……」

同居人、という言葉に、疲れきった脳のどこかが刺激されたのだろう。

「モンスター映画？　それとも、サイコスリラー？」

テーブルに散らばった食料の残骸《ざんがい》を片付けながら、一ノ瀬は答えた。

「火曜日たちは、火曜日たちだよ」

「もし、この先も水曜日が消えたままだったらさ……」

「…………」

「水曜日にとっては、それこそホラーだ」

「…………」

「やっぱり……まずいよね、どう考えても」

「……いいんじゃない？」こちらを見ずに、一ノ瀬は言う。「火曜日のやりたいようにやればいいよ。もちろん、身体が何ともなければ、だけどさ」

はっと顔を上げた僕と、彼女の視線が交差する。そのまま、彼女は笑った。

「ほら、二日あれば旅行にだって行けるじゃん。行きたかったんでしょ？　前から。流石に海外は難しいけど」

「一ノ瀬は……僕に、どうして欲しいの？」

「今更な質問。いつも言ってるよ」

一ノ瀬は、僕の頭に手のひらを載せる。優しい手つきで髪を撫でて、そっと囁いた。

「幸せになれよ、ってさ」

一通り部屋を片付け終えた後、一ノ瀬は僕の家を出ていった。彼女が言うには、その足で仕事に向かうのだという。

玄関のドアを開けて彼女の背中を見送ると、町並みの向こうから音楽が聞こえてきた。

グリーグの旋律だった。

4

僕の住む町のシネマコンプレックスは、自称・学術都市の開発に置いていかれた駅前にある唯一の大型施設だ。古めのビルを改装して作られたその施設は、中に入るとほんの少しだって歴史を感じさせない清潔さで僕をほっとさせた。

どんな劇場でも、観る映画の内容は変わらない。それでも瑞野さんと観るならば、できるだけ綺麗な劇場がよかった。夜中の部屋でレンタルDVDを観るのとは訳が違った。

「――わたし、レイトショーって久しぶりでした」

澄んだライトに照らされた階段を下りながら、瑞野さんはこちらを振り向いて笑う。彼女の笑顔は一分の隙もない完璧《かんぺき》さで、そんな笑顔にはやはり、古びた映画館なんて似合いそうにない。

彼女が着ているのは小さな花弁が舞う柄のワンピースと落ち着いた春用コートで、いつもより何倍も彼女の魅力を引き出しているように見えた。僕はといえば、水曜日のクローゼットからなるべく見栄えがしそうな服を選んできたものの、とても彼女に釣り合う立ち姿になっているとは思えない。それでも、彼女はそんなことを気にする素振りも見せなかった。笑顔だけじゃなく、心まで欠けたところのない人だった。

レイトショーだからか、映画の観客はあまり多くなかった。数少ない観客は、みんな言葉少なに早足で去っていく。階段を下りてエントランスに辿り着くと、辺りには僕と瑞野さん以外の人影はなくなっていた。

「ありがとうございます、誘って頂いて。楽しかったです」

瑞野さんが、ほんの少しだけ頭を下げる。

いえいえ、と僕は首を振る。にこりと笑って、続けた。

「楽しかったです、僕も」

本心からの言葉だった。正直なところ、劇場の座席についた時には不安で胸がいっぱいだった。朝から何杯も飲んだコーヒーで胃はムカムカと疼《うず》いていたし、それでも肝心の眠気は振り払えていなかった。こんな状態でよりにもよって苦手な恋愛映画なんかを観てしまえば、自分は途中で寝てしまうんじゃないかと心配で仕方なかったのだ。

しかし蓋を開けてみれば、僕はまる二時間、一瞬も眠くなることなく映画を楽しむことができた。その理由は明らかだった。

「血も絶叫もない映画って、すごく新鮮で」

「そ、そうなんですか……」

ははは、と瑞野さんが笑う。瑞野さんにしては、やけに乾いた笑いだった。

「あ、いや、冗談です。冗談。はは……」

結果的に、一ノ瀬のセッティングした「練習」とやらが役に立った形になる。けれど、騙されるもんか、と僕は自分に言い聞かせた。一ノ瀬がこれを見越していたなんてことはあり得ない。結局あいつは、自分が観たい映画を選んだだけに決まっている。

現に鮫のラヴァーズの情報は何の役にも立たなかったし、これからだって役に立つ気配は欠片も感じられなかった。

「あの、それ」

そんなどうでもいいことを考えていると、瑞野さんがこちらを指した。僕の首の辺りだ。いつの間にか、そこには僕の右手がある。どうやら無意識に、耳の後ろを掻いてしまっていたらしい。

「その怪我、楽器のですよね？」

「え……あ、はい」

絆創膏を巻いた人差し指と中指を、思わず背中に回す。二週間ほど前に月曜日の奴が負った怪我は、まだ治りきっていなかった。

「楽器、かあ。いいなあ。何を弾くんですか？」

「ええと……」

慌てて脳内を検索する。自宅の屋根裏部屋を思い浮かべた。月曜日のスペース。アンプの横に立てられた、大きな弦楽器。

「ウッドベース、ってわかりますか？　わからないか……その、こういう……」

身振りで、ウッドベースを演奏してみせる。もちろん、本当に演奏したことなんてある訳がない。まるで大きな達磨《だるま》を執拗《しつよう》に撫で回すような、奇妙な動作になった。

瑞野さんは口元に手をあてて、くすりと声を洩らす。

「曲、です。何の曲を弾くんですか？」

「あ、曲……」顔がカッと熱くなった。「えーと、えーとですね……」

ふと、今朝耳にしたメロディが鼓膜に蘇った。

「『朝』！　です！」

「『ペール・ギュント』の？」

「はい！　ターラーラーラーラララ、ターラーラーラーラララ、って。ラーラーラーラーラーラー……」

架空の達磨を撫でながら、僕は歌う。その歌を、瑞野さんの声が遮った。

「ははは。本当に楽器やってます？」

「あれ？　下手でした？」

瑞野さんは答えなかった。代わりに彼女は、まっすぐ前を見つめてぽつりと呟く。

「……わたし、あの曲嫌いだったんですよ」

エントランスの自動ドアが、軋《きし》みながら動き出す。改装を生き延びた歴史の響きとともに、二重になったドアの二枚目が開くと、暖かな夜風が彼女の髪を揺らした。

「図書館は、火曜が休みですから。水曜の朝の曲は、休みが終わってまた仕事だー、って曲だったんです」

「あんまり、好きじゃないんですか？　図書館の仕事」

「……そう見えます？」

「いえ、全然」

即答した後で、思い出す。僕がこれまで見た、図書館での瑞野さんの姿を。嫌そうに働いているようにはちっとも見えなかった。むしろ、自分の仕事に誇りを持っているようにすら感じられた。力強く首を横に振って、もう一度口を開いた。

「全然、そんなことないです」

「ふふっ、嬉しいな」
ビルの前には広場があって、その中心では噴水がイルミネーションのように光ってい
る。遠目にそれを眺めながら、瑞野さんは続けた。
「でも、そう見えるなら、それはきっとあなたのお陰です」
「……え？」
「実はわたし、少し前まで、あんまり今の仕事、好きじゃなかったんです。最初はもちろ
ん、好きでなった仕事だったんですけど、続けていくうちに、学生時代に思っていたもの
と何か違うなって……」
何だろう。
彼女はいったい、何の話をしようとしているのだろう。
「初めて会った時のこと、憶えてますか？」
「いや、その……」
「あの時は、ありがとうございました。河川敷《かせんしき》で、風が強くて、運んでた掲示物が飛ばさ
れちゃって……本当のこと、言いますね。あの時、わたしはもういいかなって思ったんで
す。このまま全部飛んでいっちゃえば、って。でも、あなたが通りかかってくれた。関係
ないのに、時間をかけて一緒に拾ってくれた」
彼女の話を聞くうちに、ふと思い出すものがあった。図書館で目にした景色の中に、覚
えた違和感。うわ言のように、僕は呟く。

「『いきもののほん』……」

「結局、『い』だけはあんな感じになっちゃいましたけどね」

話しながらも、歩を進め続ける瑞野さん。僕は、少しだけ遅れては追い付いてを繰り返していた。どうしても、足がうまく進まないのだ。

瑞野さんが、僕へ何かを伝えようとしているのはわかっていた。

それがとても大切なことだということも、わかっていた。

けれど、どうしてだろう。僕の足は頑《かたく》なに、身体を彼女の隣へ運ぼうとしないのだ。

「あの時、あなたは『いいなあ』って言ってくれたんです。わたしの仕事のことを、『いい仕事ですね』って」

「水曜日の僕が、そんなことを……」

「そんな風に言ってくれる人、初めてでした。それでわたし、もう一度仕事を好きになってみよう、って思えたんです。だから、今のわたしがちゃんと仕事をできているように見えるなら、あなたのお陰。『ペール・ギュント』の『朝』だって、今では大好きです」

広場の中心、色とりどりに光る噴水の前で、彼女は立ち止まる。その少し後ろで、僕も足を止めた。

「タカキ君のことだって……あの子、昔は図書館でいつも大暴《おおあば》れして、周りの子からも浮いちゃってたのに、今では毎日が楽しそう。あなたは知らないかもしれないですけど、あれ、あなたにサッカーを教えて貰ってからなんですよ」

どうして人がいないのだろう、と僕は思う。水飛沫を孕《はら》んだ夜風は何とも心地よくて、切り替わり続けるイルミネーションはこんなにも綺麗なのに。

どうして、ここには僕ら二人しかいないのだろう。

「ずっと、水曜の朝にすれ違う人のままかなって思ってました。でも、あなたは図書館に来てくれた」

そもそも、ああ。瑞野さんがこんなにも一所懸命に話してくれているのに、どうして僕は他のことを考えてしまっているのか。

こちらを振り返って、彼女は微笑む。今日待ち合わせてから何度浮かべられたかもわからないその表情は、もうすぐ日付が変わるという時間になっても完璧なままだった。

「図書館で会ったあなたは、すれ違ってた時とは全然違う人みたいで。誰も借りない本を借りて、服を裏返しで着て、スポーツだけじゃなくて楽器もできて、でも音痴で……ふふっ、すみません」

どうして、どうして、どうして。幾つもの疑問が頭に浮かんでは消える中、最後に残った疑問はこうだった。

——どうして僕は、彼女の笑顔にこうも胸が痛むのだろう。

(あんなに、大好きだった笑顔なのに)

その答えは、明らかだった。残酷なほどに、明らかだった。

「正直、今でも少し、戸惑ってます。でも、だからかな。わたし、気付いたらあなたのことばかり考えてます。初めて会った時のあなたを、もう一度見たい。絶対にわたしが引き出してみせるって……わたしの、負けですね」

何とも困ったような、彼女の笑顔は。

見惚れるほどに美しい、その笑顔は——

——僕に向けられたものじゃあ、ないからだ。

(これは——駄目だ)

色とりどりの光を背に負った彼女を見つめながら、思う。

(これは、僕が聞いちゃあ駄目な言葉だ)

僕は、何かを言わないといけなかった。瑞野さんへ向けて、彼女を助けた男とは違う男としての言葉を。けれどどれだけ探しても、相応《ふさわ》しい言葉は見つかってくれなくて——

あの、と瑞野さんは僕の手を握る。

「よかったら、他の日も会えませんか?」

「瑞野さん、その」

「これから、もっと　　のこと　　たい　　す。　　ですか?」

「——え?」

(何だ、これは?)

唐突に、それは訪れた。

瑞野さんの声が、不自然に途切れた。意識を失った訳じゃない。目眩に襲われた訳でもない。僕の意識ははっきりとしていて、目の前の瑞野さんは話し続けていて、なのに音も光も、認識されることなく通り過ぎていくのだ。

まるで世界が、僕だけをおいて丸ごとスキップしてしまったみたいに――

瑞野さんが、僕にぐいと顔を近付ける。

「わ　し、あなた　こ　が　きです」

世界が途切れる間隔が、少しずつ早くなっていく。耳に入る音が、目に入る光が、僕の中にある暗い穴に呑《の》み込《こ》まれていくようだ。

全身から、冷や汗が噴《ふ》き出《で》るのがわかった。心臓の鼓動が、痛いくらいに身体の内側で暴れ回る。そしてそんな感覚たちも、音や光と同じく数秒ごとに途切れていく。

（これは――これは――）

明らかに、僕の身体で何かが起こっていた。

こちらの様子がおかしいことに、気付いたのだろうか。目と鼻の先まで近付いていた瑞野さんの顔が、怪訝《けげん》そうに歪められる。

「……　う　た　で　か？」

そして彼女は、僕の頬に手を伸ばして――

「うわあ　あ　あ！」

反射的に、僕はその手を振り払っていた。

ひどく驚いたような、彼女の表情。その表情も、途切れてはまた現れての繰り返しだ。

「の……そ　……　みま　ん！」

ああ、僕自身の言葉すら、もう途切れてしまってわからない。僕はちゃんと喋《しゃべ》ることができているのだろうか。

「僕、もう帰　な　と！」

彼女の返事を待たずに、踵を返す。そのまま駆けだした。背後から、瑞野さんの声が聞こえた気がした。それでも振り返らずに走った。

（なんで――どうしてこんなことに――？）

地面を踏む感覚すら途切れる中、何度もふらつきながら、必死に身体を動かし続けた。

走る間、耳の奥では、安藤先生の声がリフレインしていた。

――『担当医により処方された薬は、所定の時間に必ず服用して下さい』

――『夜は二十四時までに必ず就寝して下さい』

毎週面倒そうに読み上げられる、治療同意書の注意書き。あれを軽んじたツケが回ってきたのだ。そうとしか思えなかった。

（でも、まさか――こんなに早く――）

どんな道を選んで家に辿り着いたかは、憶えていない。自宅のベッドとその傍らにあるはずの薬のことだけを考えているうちに、気が付けば身体は見慣れた住宅地にあった。

息も絶え絶えに辿り着いた自宅のドアの前には、一ノ瀬がいた。

「……おー、か　り。首尾　ど　　った？」

僕の姿を認めると、一ノ瀬は笑って——すぐに、表情を険《けわ》しいものへと切り替えた。

「どう　　の？　大　夫？」

何かを言っている一ノ瀬を無視して、家のドアを開ける。他のことなんて、考えている余裕がなかった。

「ね、火　日！」

ドアを閉めて、鍵をかける。這うようにして二階の寝室に辿り着き、水すら汲《く》まずに薬を口の中に放り込んだ。

そのまま床に倒れ込んで、僕は意識を失う。

喉の音は聞こえなかったから、薬をちゃんと飲み込めたのかはわからない。

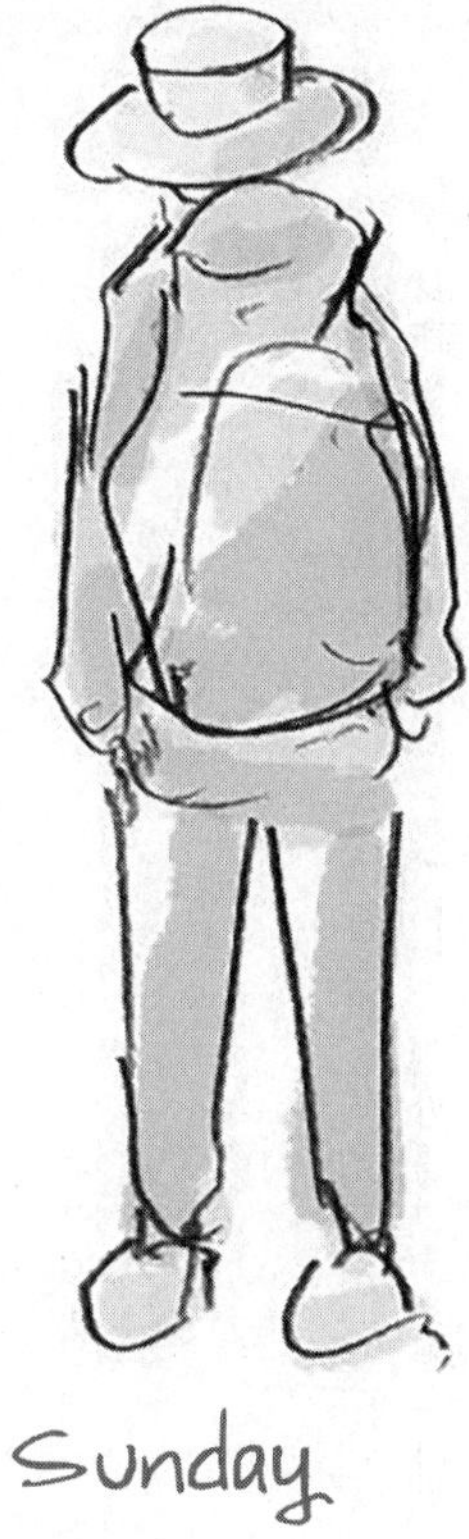

第四章

火曜日の邂逅

Gone Wednesday

episode 04

1

聞こえているのは、甲高い音。

ひどく単調で、一繋がりになった鈴の音を思わせる響きが、途切れることなく続いている。僕の身体はうつ伏せに投げ出されていて、視界を動かすことが叶わないから、音の出所はわからない。

地に頬を擦り付けながら、すっかり傾いた世界を見つめている。

夢だった。

ずっと昔から、ほんの少しも代わり映えせず、僕の夜に訪れ続けている夢。

珍しいな、とはもはや思わなかった。僕はあまり夢を見ない、なんて言えたのは、少しだけ前のことだ。今の僕は、もう毎晩のようにこの夢を見続けている。

（水曜日が消えてから、だ）

全身の感覚がない。視界の半分以上を支配する地面は、のっぺりとした灰色だ。

（――いや）

短い間に何度も訪れることで、感覚が鋭敏になっているのだろうか。僕の目に映る世界は、今や格段に解像度を上げていた。

まるで、世界と僕との間にあった磨《す》り硝子が、誰かの手で取り払われたみたいに――

地面の灰色は、ひどく見覚えのある質感だった。アスファルトの路面だ。一度そうとわかってしまえば、細かい表面の凹凸が不思議なくらいにくっきりと見える。

視界の奥には白いガードレールがあって、その向こうに広がっているのは街路樹に彩られた歩道だ。

（……車道）

自らが横たわっている場所を、僕は初めて理解する。路面のあちこちで光っているのは、硝子だった。真上からの日差しを反射して、アスファルトを水面のように煌《きら》めかせている。

硝子は今まさに路面に降り注いでいる最中で、頬で跳ねて視界に入った欠片は、何とも綺麗なブロック状だ。

こんな形に割れる硝子が何に用いられているか、僕は知っていた。

（自動車が……事故を、起こした）

心の声は、ひどく穏やかで、冷静だった。

何のことはない。

僕が目にしているのは——これまでずっと夢に見続けてきたのは——自分が今の体質になった、切っ掛けの記憶なのだ。

考えるのは、両親のこと。僕が幼い頃に、事故で亡くなったという二人。夫婦二人がいっぺんに亡くなるような事故なんて、そう多くはない。交通事故はその典型例だ。

そして、ああ、そうだ。幼い子供を持った夫婦が自動車に乗っている時に、そこに子供がいない確率は、いったいどれほどのものだろう。

(僕も、巻き込まれていた)

理解してみれば、これほど明快な話もなかった。夢に見なくとも、少し頭を働かせたら簡単に辿り着ける結論だ。

(なのに……)

地面に投げ出した小さな手の傍らに、大きな塊《かたまり》が落ちてくる。自動車のサイドミラーだ。根本から千切れ取れたそれは、辺りに破片を撒《ま》き散らしながら数度跳ねて、止まる。

半分だけ罅割《ひびわ》れた鏡面が、抜けるような青空を僕の目に届けた。

(どうして僕は、ずっと気付かずにいたんだろう)

鏡面の割れていない縁から、一羽の鳥が現れる。

(いや、違う。僕は——)

いつの間にか、路面には色とりどりの花弁が降り注いでいる。

(どうしてずっと、気付かないフリをしていたんだろう)

どこからやってきたのかもわからない花弁に身体を覆われながら、安藤先生の言葉を思い出す。いつかの病院で僕へ向けて放たれた、穏やかな声。

——「忘れていることというのは、つまりは忘れたいことさ」

先生の言うことが正しいのだとしたら——僕はいったい、何を忘れたかったのだろうか。

（事故が怖くて、忘れたかった？）

いいや、違う。そんな確信があった。忘れたかったのは、この事故そのものじゃあない。事故が起こった時に、何かがあったのだ。

（記憶をなくしてまで、目を逸らしたいような、何か……）

青空を横切っていく鳥の姿が、鏡面の罅割れへと至る。扇の骨のように走った罅にあわせて、鳥の姿が歪んで分かれた。

幼い僕が、何かを呟く。何を呟いたのかはわからない。小さな手が必死に伸ばされるけれど、それはどこにも届くことなく力を失った。

三羽に分かれた鳥の姿を見送りながら、夢を見ている僕はぼんやりと思う。


ああ、それにしても――

路上に響き続けるこの電子音は、いったい何なのだろう。

*

六月二日の火曜日は、静かな朝だった。

目を覚ましたベッドには、僕の他に誰も――人間も人形もいない。ゆっくりと身体を起こして、五月二十七日《きのう》の夜に自分が眠りに就いた床へと視線を落とす。

「……なんだ、これ」

思わず、声を洩らした。

寝室の床全体が、足の踏み場もないほどに散らかっている。瓶や缶だけじゃない。本や衣服までがあちこちに放り出されていた。僕が倒れた場所には、いつも枕元に置いてあるはずの時計が転がっている。

よく見てみれば、僕が着ているTシャツとジーンズは泥で汚れている。ベッドのシーツには、木の葉が数枚貼り付いていた。

異様な惨状だった。これまで幾度となく片付けてきた、酒盛りの跡などとは明らかに違う。

(何かがあったんだ。月曜日に)

すぐに、直感した。先週までの僕だったら、もう少し混乱したかもしれない。けれど、今の僕はほとんど驚きすらせずに、視界に広がる景色を受け容《うい》れることができた。

先週の水曜に、自分を襲った感覚を思い返す。五感の全てが現れては消える、まるで世界に拒絶されたようなあの感覚。

絆創膏が巻かれた右手を、眼前に持ってくる。ゆっくりと、開いて閉じた。どうやら、感覚は正常に戻っているらしい――少なくとも、今は。

ベッドから降りようと思ったけれど、床の障害物のせいでうまく身動きがとれない。べッドの縁に腰掛けて、傍らの机を見た。吸い殻が少しだけ積まれた灰皿の横に、赤い付箋が貼ってある。

【ごめん、あとよろしく】

「く」の字の上に添えられたキャラメルを、そっと手に取る。

「……『よろしく』って、何？」

衝動的に、キャラメルを床へ投げた。床で跳ねたキャラメルが、まだ開かれていない窓のブラインドに当たって、がしゃりと音を立てる。

「どうしろっていうのさ、僕に……」

薄暗い部屋の真ん中で一人、力なく項垂れた。

＊

一歩足を踏み入れた瞬間から、病院の雰囲気がいつもと違うのがわかった。

エントランスに現れた僕に視線を注ぐ、受付の職員の表情から、もう違うのだ。そこに滲む戸惑いと緊張感は、僕がいつもより一時間も早く来院したから、なんて理由で生まれたものとはとても思えない。

「……何か、あったんですか？」

総合受付で、僕は問う。すっかり顔見知りの女性職員である佐藤《さとう》さんが、ええ、とかまあ、とかよくわからない返事を口にする。彼女が浮かべる笑みも、どこかぎこちない。

受付の奥では、これまた顔見知りの須崎《すざき》さんがどこかへ電話をかけているのが見える。彼が受話器を手に取ったのが僕の姿を確認した瞬間であることに、僕は気付いていた。

ひどく、胸騒ぎがした。

「あの、今日は僕、ただの通院で来たんじゃなくて」

胸騒ぎを振り払うように、一言一言、はっきりと発音する。家を出る時に固めた決意を、ありったけ込めて口を動かした。

「安藤先生に、言わないといけないことがあるんです」

先生の名前が響いた途端、その場の空気が急激にひりついたように思えた。佐藤さんがぐっと目を細めてから、口を開きかけてすぐに閉じる。電話を終えた須崎さんに何かを囁かれたかと思うと、彼女は不器用な笑顔を作ってこう言った。

「では、お話は主治医が伺いますね。本日はまず、いつものリハビリ室ではなく、研究室に向かって下さい」

心臓の鼓動が、少し速《はや》まる。芽生《めば》えた胸騒ぎは急激に膨れ上がって、もはやはっきりとした不信感に変わっていた。

病院の廊下を進む間にも、鼓動は次第に加速していく。すれ違う患者さんが訝しげにこちらを振り返ることに気付きつつも、足が急ぐのを止めることができない。

もうじき安藤先生の研究室に着く、というところで、不自然な一団とすれ違う。スーツの上に白衣を着た六、七人の男性だった。医師というよりも、役人と言われた方が納得するような佇《たたず》まいの人たちだ。

全員が重そうな段ボール箱を抱えて、きびきびと歩いていく。立ち止まって振り返りたくなったけれど、ぐっと堪えた。次の角を曲がれば、目当ての研究室だ。何はともあれ、まずは安藤先生に会って話を聞いて貰うことが先決だった。

拳を強く握りしめながら、角を曲がる。

「……へ？」

間抜けな声を上げて、立ち止まった。

廊下の奥にある研究室のドアは、大きく開け放たれていた。だからまだ部屋に入っていない僕の目にも、中の様子がすぐにわかった。

何もない——のだ。

部屋を所狭しと埋め尽くしていた大量の書類が、それが詰め込まれていた段ボール箱が、綺麗に消えている。書類棚の中身もほぼ空だ。整頓、とかそういうレベルじゃない。モデルルームと間違えてしまいそうなまっさらな空間が、そこにはあった。

「何だ、これ……」

ふらふらと、僕は再び歩き出す。夢遊病のような足取りで部屋に入ると、廊下からは見えない奥まった位置に、一人の人間が立っていた。

「新木先生……」

綺麗になった安藤先生のデスクを、新木先生がじっと見据えていた。いつものスーツの上に、今日は白衣を羽織っている。先程すれ違った人たちと同じ服装だ。

こちらを振り返って、先生は言う。

「あなたを、お待ちしていました」

状況を全く摑めないまま、僕は口を開く。頭の中は、この部屋と同じように真っ白だ。

「あの、先生。この部屋って」

「研究室にあった書類は、証拠品として全て押収されました」

「証拠品?」

ひどく、嫌な響きだった。先程すれ違った集団が持っていた、段ボール箱のことを思い出す。

「い、いや、それより」

頭を振って、僕は一歩を踏み出した。

「僕、安藤先生に話さないといけないことが」

「安藤医師は今、ここにいません」

「……どうして、ですか?」

「彼は、調査を受けています」

すっ、と安藤先生の椅子を引いて、新木先生は腰を下ろす。傍らの丸椅子を身振りで示して、言った。

「お話は、私が伺いましょう。今は、私があなたの主治医です」

「過去数年にわたり、あなたの測定データに修正や改竄《かいざん》が見つかっています」

促《うなが》されるまま僕が話し終えた後、新木先生から発されたのはそんな言葉だった。

僕の身に起こった全て——三週間前から、火曜だけじゃなく水曜にも目覚めるようになっていたこと。その事態を放置した末に、薬の服用と睡眠を怠ってしまったこと。そして、五月二十七日の夜に襲ってきた不思議な感覚のこと——を聞いたうえで、彼が冷静に口にした言葉《き の う》がそれなのだ。最初、僕には意味がわからなかった。

「三週間、どころの話ではありません。あなたの身体には、以前から異変が起こっていたようです。けれど、そのことが病院に正しく報告されていませんでした」

「そんな、どうして……っていうか、誰が？」

うわ言のように、呟く。新木先生の返答はこうだった。

「それを調べるために、私はここに来ました」

背筋をぴんと伸ばして、こちらを静かに見据える先生。その瞳にはもう、これまで感じてきた探るような色はなかった。

(違ったんだ)

思考が、ようやく回り始める。丸椅子がぎしりと音を立てた。

僕はずっと、自分が何かを疑われているのだと思っていた。けれど——

（この人が疑ってたのは、僕じゃなかった）

周期性人格障害——他に同様の症状を持つ存在のいない僕の測定データは、学会においては一際関心を集めるものだっただろう。幾つもの論文にデータが引用されていく中で、誰かが不自然な点に気付いたに違いない。

他に同じような患者がいれば、そのデータと比べれば真偽を確認できる話だった。けれど、僕の場合はそうもいかない。だから、学会は調査員を送り込むことにした。患者の測定データがまさに生まれ続けている、その現場に。

「あなたに黙っていたことは、申し訳なく思っています」ぺこり、と新木先生は頭を下げる。「ですが調査の結果、『誰が』に関しては答えを得ることができました」

資料の類が洗いざらい持ち去られた部屋を、僕は見回す。一旦頭が働き出してしまえば、解答はあまりに明らかだ。

そっと、一つの名前を口にした。

「安藤先生、が？」

「間違いないでしょう。とても、残念なことですが」

新木先生の顔が、悔《くや》しそうに歪む。僕がこの人と出会ってから見てきた中で、一番人間らしい表情だった。

「『どうして』、つまり動機については、現在調査中です。ですが私たちは、あなたの残し続けている素晴らしい成果が、大きな要因なのではないかと見ています」

「僕の、成果？」

「一人の人間が異なる分野において、その道のプロフェッショナルと呼べる才能を同時に発揮している。それが生来のものではなく脳の状態によってもたらされるのだとしたら、症例の持つ価値は『治療』の範囲を大きく超える。詳しい研究を経て同様の状態を他者に再現する術が見出されれば、どれだけの名誉と利益が生じるかわからない。安藤医師はこの現状を——あなたという逸材を、失うことを惜しんだのでしょう」

　そこで一旦言葉を切ってから、先生は続けた。

「安藤医師本人が話していましたね。あなたのその才能は、脳にある『フィルター』があってこそ発揮されるものである、と。あなたがこのまま才能を発揮し続けるには、そのフィルターが維持されなければならない。あなたの身体に異変が生じたということになれば、対処するため様々な措置が講じられることになる。その措置は、必然的に現在のフィルターのあり方を変えてしまうでしょう。彼はそれを忌避した訳です。事態を隠蔽《いんぺい》しながら、あなたの症状が現状のまま維持される方法を模索していた。あなたに処方される薬の成分が、少しずつ調整されていたこともわかっています」

　まっすぐ伸ばしていた背中を、新木先生はゆっくりと背もたれに預ける。もとは安藤先生のものであるオフィスチェアーは、僕の座る丸椅子と違って僅かにも音を立てない。

　傍らのデスクに視線を落として、先生はぽつりと洩らした。

「医療に携わる者として、決して許されないことです。あの人が僕に教えてくれたことは、治療の技術だけではなかったはずなんですが」

研究室に、どこか哀しげな空気が充満する。僕が何も言えないでいると、先生は白衣のポケットから小さなタブレット端末を取り出した。

「……安藤医師の話は、もういいでしょう。今、大切なのは、あなたの症状の話です」

端末の画面をタッチペンですっすと撫でながら、先生は続ける。

「先週、私がここで話したことを憶えていますか？」

僕は頷く。この部屋で気を失った僕を、新木先生が介抱してくれた時のこと。低い、ひどく真剣な声で、先生は口にしたのだ。

――「本当に、安定しているんでしょうか」

――「毎日毎日、人格が入れ替わってしまう」

――「これを、安定していると言っていいんでしょうか」

「やはり、違っていたんです」先生の手の中で、タッチペンがきびきび動く。「いくらサイクルが一定であっても、人格が入れ替わるという状態は、あなたの脳にとって『安定』ではなかった。あなたの脳は今、自らの力で『安定』しようとしています。その『安定』とは――」

僕の脳裏に蘇る言葉と、眼前の先生の言葉が綺麗に重なる。

「睡眠の度に人格が入れ替わるような状態から、解放されること」

先生は端末の画面から視線を外し、僕を見た。

「それがどのように行われるのか、というのがこれまでは未知数だったのですが、あなたのお話でわかりました。あなたは『火曜日の自分』であるという自己の同一性を保ったまま、水曜日にも目覚めるようになった。そうですね？」

もう一度、こくりと頷く。

「つまり、フィルターが切り替わらなくなった。これまで七つの状態を行き来していたフィルターが、一つの状態に固定されようとしています。あなたには、こう言った方がわかりやすいかもしれませんね。あなたの人格は、たった一つに絞られようとしているんです」

「たった一つに……」

先生の言葉をオウム返ししてから、僕は恐る恐る訊いた。

「僕らのうち、一人だけが残って……残りの六人は、消えるってことですか？」

そういった解釈で構いません、と先生は頷く。

「そん、な」

一際大きな心音が、全身に響く。同時に、何を今更驚いてるんだ、と冷静に囁く誰かが脳内にいた。

（お前はとっくに知ってたはずだろ？　何せ既に一人、お前のために消えた曜日がいるんだから）

ああ、これはいったい誰の声なのだろう。

「他の曜日も、水曜日みたいに……」

身体から力が抜けていく。あまりの恐怖に、頭がどうにかなってしまいそうだった。七人のうち、残るのは一人だけ。その一人に選ばれなければ、僕にもう未来はない。

火曜日に閉じ込められている、なんて次元の話じゃない。

終わるのだ、人生が。

消えてしまうのだ――何もかもが、唐突に。

（いやだ）

強烈な自覚とともに、湧き上がる意思があった。

（死にたくない。だってまだ、僕は何もしてない。してないんだ）

毎日毎日、行きたい店にも行けず、空想の旅をしながらキーボードを叩き続けるだけの日々。そんな日々にようやく光明が見えたと思えば、もう終わってしまうだなんて。

気が付けば、僕は右の拳を痛いほどに握っている。拳を口元にあてて、浅い呼吸を繰り返した。

「そう、です、か」

何とか平静を装って口を開いたけれど、それがうまくいっているかはわからない。

「仕方がない、ですよね。だって、前に新木先生も言ってましたし。僕らは、七人でいるのがおかしいって。一人になるのは当たり前で、だからこれは、僕の身体が治るってことで」

もつれる舌を必死に動かしながらも、頭はたった一つの考えでいっぱいになっていた。

（生き残りたい）

七人のうちのたった一人に、選ばれたい。他の曜日が消えてしまうことになっても、僕が生き延びたい。

そのためになら何だってしてみせる、と強く思った。けれど、具体的に何をすればいいのかはわからなかった。どうすればいいのだろう。ああ、僕にもっと脳についての知識があれば――

そこで、僕は思い至る。今まさに、自分の前には医療の専門家がいるじゃないか。

いつの間にか手元に落ちていた視線を、顔ごと上げる。見つめた先には、眉間《みけん》に皺を寄せた新木先生の顔があった。

「そうではありません」

「……え？」

「あなたの身体は、『治る』訳ではないんです。フィルターは残ります。むしろ、これまでよりもずっと強固な形で」

「どういう、ことですか？」

「このまま病状の進行に任せれば、最終的には一つの人格だけが残る。そしてそれ以降は、他の人格が蓄えた記憶、性格、才能といったものを参照することはできなくなるでしょう。あなたの脳には今、二十六年の歳月をかけて積み上げた全てが詰まっている。その大半が、永遠に失われることになります」

月曜日が身に付けた演奏技術も。

水曜日が重ねた運動の経験も。

木曜日が研ぎ澄ましたイラストのセンスも。

金曜日が培った園芸の知識も。

土曜日が自在に扱うプログラミングのノウハウも。

日曜日が磨《みが》き抜いた釣りの腕前も。

全てが、失われる。いくら脳にそれらが残っていたところで、フィルターによって取り出せなくなれば無いのと同じことだ。新木先生が言っているのは、そういうことだった。

「少なくとも私は、これを『治る』とは表現できません」

「でも、自分以外の曜日の記憶とか、才能とか、そんなのは僕には関係なくて」

「あなたがそう考えるのは、今の状態に慣れてしまっているからです。自信を持って下さい。これまであなたの脳が積み重ねたものは、それがどの人格によるものであろうと、紛《まぎ》れもなくあなたのものなんです。断じて、失われていいものではない」

「けど、じゃあ……どうすればいいんですか？」

「先日ここで言ったことを、もう一度正確にお伝えします。あなたにとって『治る』とは、フィルターそのものがなくなることだ」

手に持っていた端末の画面を、先生は僕へ示す。

「私たちに、手を打たせて下さい」

そこには、僕の脳の断面が表示されていた。七つに枝分かれした傷をタッチペンで指して、先生は言葉を継ぐ。

「あなたの脳の変質してしまっている細胞を、可能な限り取り除きます。もちろん、取り除くのは代替細胞で補える部分のみで、脳の活動に支障をきたす部分には一切手を加えません。それでも、変質細胞の大半を取り除くことができるでしょう。非常に難しい手術ですが、現代の技術ならば可能です」

「これで、フィルターがなくなるんですか?」

「断言はできません。ですが、その可能性は決して小さくない、と見積もられているからこそ、こうして提案しています。いかがでしょう。手術を、承諾しますか?」

僕は、答えられなかった。

僕にだって、理解することはできる。先生の言葉を素直に聞いて、理性的に判断すれば、この手術は間違いなく「受けるべき手術」だ。けれど、僕の首はちっとも縦には動かなかった。

なぜなら——

「フィルターが、もしなくなって」

「…………」

「僕らの人格が一つになったら……それってもう、今の僕らの誰とも違う人になるんじゃ、ないですか？」

七人のうち一人しか残らない、どころの話じゃない。

この手術を受けてしまえば、つまりそれは。

七人のうち誰も残らない、ということになるんじゃないか。

「以前も、あなたが話していたことですね」

唸るように、新木先生は言う。タッチペンで端末をとんとんと叩きながら、続けた。

「正直なところ、それについてはわかりません。他の症例を見ると、手術後のあなたは、七つの人格の全てを『過去の自分』として思い出すことができる可能性が高い。今こうしているあなたと、未来のあなたの人格は、しっかりと繋がる訳です。ただしそれが『同じ人格』かと問われれば、ここから先は哲学の領域です。また、この見積もりも絶対ではありません。あなたと全く同じ症例はありませんから」

「僕は、僕のままでいたいんです。先生」

縋るように、呟いていた。そのままぐいと身を乗り出す。

「だったら僕は、このまま手術を受けないで、最後の一人として残った方が……」

「ですが、残るのがあなたとは限らない」

あまりにも、冷静な声色だった。

先生が、端末を操作する。デスクの上に残されていたスキャナーがガリガリと音を立てて、一枚の紙を吐き出した。何年も研究室に通い続けてきたというのに、そのスキャナーがプリンターでもあることを僕は知らなかった。

「ここまで顕著な自覚症状が現れているとなれば、猶予はほとんどありません」

すっ、と紙を手に取って、先生はこちらへ差し出す。

受け取って視線を落とすと、そこには「手術同意書」の文言があった。手術を受けるにあたっての注意事項が小さな字でびっしりと並んでおり、最後に用意されているのは署名欄だ。

そしてその欄は、一人分のスペースしかなかった。

「私たちは、あなたに大きな借りを作りました。これはどれだけお詫《わ》びしたところで、返せるものではない。最高のスタッフを揃えることをお約束します」

ですから、と先生は頭を下げる。

「一刻も早い決断を、お願いします」

「……考えてみます」

それだけ言って、僕は書類をショルダーバッグに仕舞う。今の時点で、これ以上の言葉なんて出てこなかった。

ぺこり、と頭を下げて立ち上がる。先生は長身なので、ほんの少し仰ぎ見ただけで、立った僕と視線を合わせることができる。そのまま彼は笑ってみせた。

「それにしても、安心しました」

「……安心？」踵を返そうとしていた足をぴたりと止めて、僕は言う。「安心って、何ですか？」

我ながら、刺々《とげとげ》しい声だった。

「いや、すみません。変な意味ではないんです。こうして今からでも来院して頂けたことに、安心しました。先日の電話では拒否されてしまったので」

「……どういうこと、ですか？」

「ああ、ご存じないんですね。先週の水曜日の深夜、私たちはあなたの症状が変化している事実を知りました。一ノ瀬さん、という女性からの通報によってです」

僕は思い出す。先週の水曜、感覚の明滅に襲われて息も絶え絶えに帰宅した時のことを。色々なことが起こり過ぎて今まで忘れていたけれど、ああ、確かにあの時、家の前には一ノ瀬がいた。

「で、僕の家に電話したんですか？」

「はい。一刻を争う事態である可能性が考えられたので、すぐに来院して頂くようお願いしました」

「そんな電話を、断った……？」

「はい。とても強く拒否されました」

「それって、いったい何曜日のことですか？」

「ええと、そうですね。幾つかの調査と確認を経ての電話だったので――」

端末をタッチペンで数度撫でてから、新木先生は答えた。

「先週の、金曜日ですね」

＊

一人、屋根裏部屋で踞《うずくま》る。

並んだ机のうち一台、僕の机の傍らだった。椅子にも座ることなく、床で膝を抱えている。

時刻はもう、とうに夜中だ。ふらふらした足取りで病院を出て帰宅してからこっち、僕はずっとそうしていた。旅行ブログの仕事も、月曜日が散らかした寝室の片付けも、それどころか食事さえも、する気が起こらなかった。

ぐううう、と唸るような音が、腹の奥から聞こえてくる。

自分以外の誰もいない一軒家には物音の一つもなくて、今の僕にとってその静けさはあまりに耳に痛かった。リビングやプレイルームなどの広い空間にいると、痛みがやけに染《し》み入《い》る気がした。狭い場所へ狭い場所へと移動していくうちに、いつしか辿り着いたのが屋根裏部屋だった。

部屋の中は薄暗い。天井にある照明は点いておらず、僕の机にあるデスクライトの光だけが、闇をぼんやりと照らしていた。

かたかたと震える自分の身体を、必死に押さえつける。

「大丈夫だ……大丈夫だ……」

同じ呟きばかりが、まるで壊れたレコードみたいに空気を揺らし続けている。今日に限って、一ノ瀬は訪ねてこなかった。そのことに、少しだけほっとする自分がいた。

こんな姿、一ノ瀬に見せられるはずがない。

「大丈夫……大丈夫だから……」

小さな声で繰り返しながら、膝をぐっと抱き寄せる。

(いったい、どうすればいいんだろう)

耳の奥では、午前に聞いた新木先生の話が蘇り続けていた。それを意識したくなくて、必死に口を動かす。けれどあまりに空虚な自分の声は、むしろ先生の話を——現状を強烈に自覚させる効果しか持たなかった。

大丈夫じゃない。

僕はもう、全然これっぽっちも、大丈夫じゃないのだと。

——「一刻も早い決断を、お願いします」

先生から受け取った手術同意書は、僕の机の上に置いてある。署名欄は空欄のままだ。

僕は、手術を受けるべきなのだろうか。

わからない。日の高いうちから何度も繰り返した自問に、答えが与えられることはなかった。

先生の言葉を信じれば——手術を受けたなら、僕の人格は他の曜日と統合されて一つになる。その僕は、今のこの僕を、確かに「過去の自分」として思い出すことができるらしい。理屈としては、どこにも問題はない。手術を受けない理由なんて見当たらない。

しかし、理屈はあくまで理屈なのだ。

僕には、どうしても自信を持つことができなかった。全ての曜日の記憶や感覚を受け継いだ「誰か」が、間違いなく自分であると信じることができないのだ。

理屈じゃなく、認識の問題だった。そして感情の問題だった。誰かが横から見ていたら、僕のこんな悩みを笑うかもしれない。医学は、理屈だ。論理だ。それを信用しないとは、なんて愚かな奴だろう。そう切って捨てるかもしれない。

けれどこれは、僕の脳の内側についての話だ。世界中のあらゆる場所で論理が優先されても、ただ一ヵ所、僕の脳内でだけは、僕の認識が何より優先されていいはずだった。

自分が自分でなくなってしまうかもしれない——いざ現実の可能性として身に迫ってみれば、これほど恐ろしい実感はない。

ほとんど、死刑宣告と同じだった。床を見つめる僕の瞼の裏に、手術同意書の署名欄が浮かび上がる。何とも不気味な白色の空間。ここにサインをすることは、死刑の執行を認めるのと何が違うのだろう。

かと言って、じゃあ手術を受けなければそれでいいのかというと、そちらの選択肢もまた、あまりに恐ろしい予感に満ちていた。

このまま時が過ぎるのをただ待てば、最後には七人の曜日が一人だけに絞られる。そこに残ったなら、僕は僕のまま生きていくことができるだろう。何とも明快《シンプル》な話だった。けれど——

——「残るのがあなたとは限らない」

新木先生の言葉が蘇って、底冷えする部屋の空気が更に冷たくなった。

（いやだ）

心の中で、強く叫ぶ。

（いやだ、いやだ、いやだ）

考えれば考えるほど、八方塞《はっぽうふさ》がりだった。二つの選択肢は、結局のところどちらもただの賭《か》けでしかない。統合された自分が確かに自分であることに賭けるか、最後の一人に自分が残ることに賭けるかの違いでしかないのだ。どちらを選ぶべきかなんて、僕にわかるはずもない。

ポケットからスマートフォンを取り出し、光る画面をぼうっと見つめる。どうしてスマートフォンを見ているのだろう、と遅れて思考して、自分が誰かに相談したがっているのだと気付く。

口元が、笑みのような形に歪んだ気がした。するりとスマートフォンが手から滑り落ちて、床で乾いた音を立てる。画面の光で少しだけ薄らいだ闇の底で、力なく項垂れた。

（相談相手なんて、いるもんか）

以前も、同じようにここで悩んだことがあった。瑞野さんとのデートを取り付けた夜だ。あの夜、僕は月曜日にメッセージを送った。事態を把握している他の曜日にならば、僕の身体のことも相談できると思ったからだ。

なぜならこの身体に起こったことは、他の曜日にとってだけは「自分のこと」だから。もしかしたら、味方になってくれるかもしれないと思った。結局返事は得られなかったけれど、少なくともあの時は、そう期待することができた。

「……はは」

低い声が、口から洩れる。笑っているようにも、泣いているようにも聞こえた。

今回は、違うのだ。なぜなら僕は、手術を受けないことを選択肢に入れてしまっている。

それはつまり、こう言っているのに等しい。

僕が生き残るためならば、他の曜日なんてみんな消えてしまえばいい――と。

他の曜日に対する、誤魔化しようのない敵意だった。そしてこの敵意は、どうやら一方通行じゃないらしい。

新木先生は、こうも言っていた。

――「こうして今からでも来院して頂けたことに、安心しました。先日の電話では拒否されてしまったので」

先週、新木先生から電話を受けた金曜日は、自分の身体に起こっている異変を知らされたにもかかわらず、病院へ行くことを拒《こば》んだのだという。それは、なぜか。

奴が、身体の異変を把握していたからとしか思えない。病院に行けば、手術を促される。手術を受ければ、自分は自分でなくなってしまうかもしれない。そのことを恐れたのだ。

金曜日は、このまま病状が進行するのに任せて、七人が一人に絞られることを望んでいる。二つの賭けのうちの一つを、はっきりと選択したという訳だ。

この身体に起こったことは、僕ら七人の曜日にとって等しく「自分のこと」で——だからこそ、現在の僕らは明確な敵同士だった。相談なんてできるはずもない。

僕は今、本当の意味で独りなのだ。

「……寒い」

もう一度、膝を抱え直す。かたかたと震え続ける膝に、額をぐっと押しつける。

「寒い、よ」

それでも、震えは止まってくれなかった。

同じ家の中に、自分が消えてしまうことを望んでいる誰かがいる。そのことを考えるだけで、奥歯がかちかちと音を立てる。周囲の全てが、自分へ向けて敵意を放っている気がして仕方がなかった。

スマートフォンの画面が暗くなり、辺りがもとの薄闇《うすやみ》に戻っていく。

腹の奥が、もう一度唸る。昼からずっと、何も食べていないのだ。全身に力が入らなくなって、床に倒れ込んだ。何度か起き上がろうとして、失敗する。あまりの情けなさに涙が滲んだ。

せめて雫《しずく》が落ちないようにと、顔を上げる。

「……あ」

そこには、水曜日の机があった。

瞬間、僕の胸に何かが湧き上がる。それはどうやら、恐怖とは異なる感情だった。

「水曜日……」

きっともう、僕のせいで消えてしまった男。

僕のように、悩むことさえできなかった男。

水曜日の机に手をかけて、ふらりと立ち上がる。ほとんど、机に抱きつくような形だ。

周りの全てが敵意を放っている部屋の中で、目の前の机だけが例外だった。

(どうして、忘れていたんだろう)

僕ら七人はみんな敵同士だ、なんて、そんなはずはない。水曜日だけは、違う。少なくともこの机の持ち主は――

(僕の、被害者だってこと)

僕はもう、既に一人の曜日を消してしまっているのだ。自覚はなかった。敵意なんてあるはずもない。けれど確かに、結果は動かしようもなくそこにあった。

気が付けば、僕は机の引き出しを開けていた。僕が何かを選ぶなら、僕のことだけじゃなく、水曜日のことも考えるべきだと思った。奴だったら何を思うのか——奴が何を考えていたのかを、知ってから決めるべきだと思ったのだ。

「何かないか……何か……」

引き出しの中身を探っていく。照明を点ける、という発想は浮かばなかった。とにかく必死に、闇を両手でかき分け続けた。

「……これは」

そして僕は、それを見つけた。

2

『おはようございます。六月三日、水曜日です。水曜日の特集は、「うちのワンコ」——』

テレビを消して、家を出る。玄関の鍵を閉めてから、少しだけ身体を伸ばす。正しいやり方はわからなかったので、卓球の壁打ちをする時と同じストレッチをやってみた。なかなかいい感じだ。

屈伸を数度繰り返してから、そっと駆け出した。水曜日のものであるスポーツウェアが、朝の柔らかな風を受けてそよと揺れる。

早朝ランニング——水曜日の報告書に毎回欠かさず記されている日課だった。

幾つもの住宅の前を通り過ぎながら、大学のある方向へと進んでいく。脳が走ることに慣れていないせいか、呼吸はすぐに上がってしまう。それでも、しっかりと鍛えられた足はどこまでも軽快に運ぶことができた。

すれ違う住宅地の人々は、みんなにこにこ笑いながら会釈をしてくれる。当たり前だけれど、見覚えのある顔がほとんどだった。なのにその誰もが、僕の記憶とは違う顔を見せながら、視界から消えていく。

（不思議だな）

心の中で、そっと呟く。こんなにも穏やかに笑う彼らを、僕は知らなかった。

（まるで、違う町みたいだ）

住宅地が終わる直前で、十字路を曲がる。水曜日の報告書にあったランニングコースを脳裏に描きながら道を進むと、見覚えのある工事現場が視界の奥に現れた。

一ノ瀬と僕とで、作業服の人形を運んだ工事現場だ。夜の闇の中で見た時よりも、随分と小さな現場に見える。まだ工事は始まっていないのか、フェンスの向こうからは何の音もしなかった。

僕と一夜を共にした人形は、僕らが置いた地点から五メートルほど離れた場所で元気に腕を振っていた。奇妙な親近感を抱きながら、彼の前を走り過ぎる。コンビニへ続く角は曲がらずに、まっすぐ進んだ。

全身に汗が滲み始めて、横から吹き付ける風が一際冷たく感じられた。冷えた頬を柔らかい朝の日差しが温めて、何とも言えない心地よさがある。

どれだけ汗を流しても、全身を包むスポーツウェアはその全てをすっと飲み込んで、ほんの少しだって身体の動きを邪魔しない。シャカシャカした生地が持つ本当の力に少しだけ感動しながら、僕は更に駆けていく。

やがて町並みが終わり、視界が一気に開ける。一際量を増した日差しに、目を細めた。

「ここが……」

町の中心を流れる、大きな川が目の前にあった。コンクリートの堤防の上に延びる遊歩道から、きらきらと光る水面や緑に彩られた河川敷が一望できる。

立ち止まった僕の横を、数人の人影が走って追い越していく。誰もが、僕と同じような服を着ていた。なるほど、と僕は思う。この遊歩道は、界隈の住民の定番ランニングコースになっているのだろう。これだけの清々《すがすが》しい景観ならば当然のことだった。

流れに乗って、ゆるやかにカーブしていく遊歩道を更に駆ける。脳裏には、いつか瑞野さんが口にした言葉が浮かんでいた。

――「あの時は、ありがとうございました」

ぼおお、と音を立てて、川面《かわも》から風が吹く。町中よりずっと冷たくて、重い風だった。

――「河川敷で、風が強くて、運んでた掲示物が飛ばされちゃって」

川沿いを十分ほど走ったところで、対岸の町並みに、ひどく馴染みのある色合いが見えてきた。他の建物とは明らかに異なる質感の外壁が、何とも風情のある存在感を放っている。

煉瓦作りを模した、瀟洒なデザインの建築物――この町で唯一の図書館だ。

少しずつ速度を緩《ゆる》めて、足を止める。他のランナーの邪魔にならないよう、堤防に腰を下ろした。乱れた息を整えながら、向こう岸の図書館を眺める。

「知らなかったなあ」

まさか、あの図書館の裏がすぐ河川敷になっていたなんて。市民公園の入り口からまっすぐ向かうぶんには、完全に死角になっていた。

「ってことはたぶん、この辺りのはずだけど」

座ったまま、周囲を見渡した。川は幅が広く、両側の河川敷もまた、草野球くらいは平気でやれそうだ。そんな景色が上流と下流へ向けて、等しくどこまでも広がっていた。

(水曜日と瑞野さんが、出逢《であ》った場所)

この辺りの、おそらくは向こう岸の河川敷で、瑞野さんは掲示物を風にさらわれた。それをランニングしていた水曜日が見かけたのだろう。

一際強い風が、正面から僕の額を叩く。鼻腔に潜り込む水の匂いは、どこか懐《なつ》かしい。

「確かに、強いなあ。風」

これだけ強い風ならば、小さな紙くらいは対岸までだって運べるはずだ。川を挟んで広がる河川敷を、もう一度眺めた。

あちこちに背の高い雑草が生い茂り、大きな岩や泥濘《ぬかるみ》だって少なくない。こんな場所に落ちたものを探そうと思えば、どれだけの手間と時間がかかるだろうか。

「――ははっ」

思わず、僕は笑う。後ろに手を突いて、大きく天を仰いだ。

「参ったなあ、ほんと」

水曜の空に浮かぶ雲はやけに大きくて、それが流れる様はひどく穏やかで、どれだけ見つめても飽きそうになかった。

＊

午後の図書館を訪れると、瑞野さんは受付カウンターの中にいた。

自動ドアを潜る僕の姿を認めた途端に、彼女は目を伏せる。落とされた視線は、僕がまっすぐ受付へ歩み寄る間も、ずっと手元に注がれたままだった。

仕方がないな、と心の中で呟く。

先週の水曜、自分が彼女にしてしまったことを思い出す。そういえば、映画館の前から僕が走り去ってしまった後、彼女はどうしたのだろう。たった一人で家路を辿る彼女の背中を今更のように想像して、胸を痛める。

彼女の背中の小ささに、じゃない。こうして彼女の顔を見るまで、そんなことにも思い至らなかった自分自身に対してだ。

だから、そう。これは全くもって、仕方のないことなのだ。

僕がカウンターの前に立っても、瑞野さんは顔を上げようとしない。十秒ほどの沈黙が流れた後、僕はそっと口を開く。

「あの――」

「この前はすみません」

瑞野さんの声が響いた。これまでの彼女からは考えられない、強い語気だった。

「一人で、なんか変なこと言っちゃって。忘れて下さい」

言葉の最後に近付くにつれて、彼女の声は風船が萎《しぼ》むみたいに小さくなっていく。あくまで俯いたままの顔に、笑みはない。哀しげに伏せられた目にかかる前髪が、まるで定休日を告げる立て札のようだった。

一旦は開きかけた口を、僕は閉じる。ショルダーバッグから六冊の本を取り出して、カウンターに置いた。

僕が図書館から借りていた、海外の窓の写真集だ。

積まれた本の表紙を無言で見つめる瑞野さんへ向けて、言った。

「返却、お願いします」

「……わかりました」

「あと、これも」

彼女の視線を遮るように、本の表紙にそれを置いた。

「これ、は……？」

訝しげな呟きとともに、彼女の手が表紙の上に伸ばされる。

それは、一枚の紙細工だった。

薄い青色の画用紙を切り抜いて作られており、綺麗な幾何学模様になっている。おそらくは、雪の結晶をイメージしているのだろう。

透明なパックに丁寧に仕舞われた紙細工を指で摘んで、瑞野さんは持ち上げる。恐る恐るそれを観察してから、顔を上げた。僕を見たんじゃない。彼女が視線を投げた先は、カウンターの斜め前方にある小さなコーナーだ。

壁際に置かれた長机。並べられた本。そしてそれらの上に掲示された、「いきもののほん」の紙細工。

華やかな掲示の中で一ヵ所だけ寂しげな、「い」の文字。瑞野さんの手にあるのは、そこに配されるはずだった紙細工だった。

風に飛ばされてしまい、瑞野さんと水曜日が二人がかりで探しても見つからなかったはずのもの。

「探したんです、あいつ。瑞野さんが『もういい』って言った後も。きっと、何日もかけて」

パックに入った紙細工は、よく見るとあちこちが破れ、泥で汚れている。いったいどんな場所にあったのだろう、と僕は想像する。生い茂った雑草の陰だろうか。岩に囲われた泥濘だろうか。

紙はとても軽くて、川に吹く風はとても強くて、目当ての代物が両岸のどちらにあるのかすらわからない。そんな状況の中、水曜日は一人で探し続けたのだ。あの、あまりに広い河川敷を、隅から隅まで――

「すごい奴ですよ。僕にはとても真似できない」

更によく見れば、紙細工の隅には焦げ跡がある。濡《ぬ》れてしまった紙細工に、アイロンをかけたのだろう。自分の服ですら、そんなことをやったためしはないのに――四苦八苦しながら小さな雪の結晶にアイロンをかける男の姿が脳裏に浮かんで、僕は思わず笑ってしまう。

よりにもよってそいつの顔が僕と同じなのが、面白くて堪らなかった。

「机の中に、大事に仕舞ってたんです。きっといつかあなたに渡そう、って思ってたんでしょうね」

「どうして……渡してくれなかったんですか?」

「それは、たぶん」鞄《かばん》の中からもう一枚、紙片を取り出した。「これがちゃんとできてから、って思ってたんですね」

瑞野さんに手渡す。右手でそれを受け取って、彼女は不思議そうに首を傾げた。無理もない、と僕は思う。きっとほとんどの人にとって、その紙片の正体なんて見ただけじゃわからない。

歪な楕円《だえん》形をした、ピンク色の画用紙だった。大きさは、瑞野さんが左手に持っている雪の結晶と同じくらいだ。楕円の中には、更に二つの楕円がある。色画用紙を楕円に切った後、その内部をコンセントの穴のように切り抜いているのだ。

「……何ですか、これ？」

「豚の鼻、だと思います」

僕は即答する。不思議なことに、僕にはその紙細工の正体が一目でわかっていた。

「豚、ですか？」

「きっと、『いきもののほん』だったからかな」くすくす、と笑ってみせる。「あいつ、自分で作ろうとしたんですよ。その、雪の代わりを」

長い時間をかけてようやく見つけた雪の紙細工は、破れて汚れて、しかもアイロンをかけるのにも失敗してしまって、とても使える状態じゃあなかった。

だから水曜日は、代わりの紙細工を自分の手で作ろうとしたのだろう。満足のいくものが出来上がった暁には、その細工と雪の結晶を一緒に瑞野さんへ手渡すつもりだった。もしかすると、その時には「すみません」と頭を下げるつもりでさえあったかもしれない。

「見て下さいよ、それ」豚の鼻を指して、僕は言う。「たった二つの丸を切り抜くだけで、どうしてこんなに失敗できるんでしょうね」

外側の輪郭《りんかく》にも、切り抜かれた鼻の穴にも、曲線なんてものは全く存在しない。全ての楕円は、一昔前のポリゴンみたいに直線だけで構成されていた。

水曜日の机の中にはこれだけじゃなく、数え切れないくらいの失敗作が詰め込まれていた。その中からもっとも出来のよいものを選んで、これなのだ。

　木曜日あたりだったなら、ほとんど苦労もせずに見事な紙細工を作ってみせるだろうに。いや、木曜日どころか、この火曜《ぼく》日だって、これよりは何倍もマシな代物を作ることができるに違いない。

（同じ脳を使ってるはずなのになあ）

ああ、けれど。

僕には、作れない。こんなものは、何度生まれ変わったって作れそうになかった。こんなにも不細工で――

　こんなにも、人の心を動かすものは。

（本当に、よくできたフィルターだよ）

豚の鼻を持つ瑞野さんの手に、ぐっと力が入るのがわかった。その様子を見ながら、呟く。

「瑞野さん、僕は……情けない奴、だったんですよ」

彼女の視線が、僕を捉える。今日僕がここに来てから、初めてのことだった。

「あなたを前にした時、僕はいつも上辺のことばっかり考えてました。あなたが僕のことを憶えているかとか、僕の服があなたに釣り合うかとか、そういうことしか考えてなかった」

「服……あっ」

ようやく、彼女はこちらの服装に気付いたらしい。

「シャカシャカは、もうやめました。僕にはちょっと、似合いそうにない」

今の僕が着ているのは、火曜日《ふだん》の服装だった。青めの地味なズボンに、使い古した春用コート。何とも冴《さ》えない立ち姿だと、自分で思う。

けれど、これが僕だった。

自分のことしか考えられない、誰かを羨《うらや》んでばかりのつまらない男には、お似合いの服だった。

「お礼を、言わせて下さい」

ぺこりと、僕は頭を下げる。

「あなたのお陰で、わかりました。あいつがこれまで、どんな風に生きてきたか。報告書なんかじゃ、全然わからないことだった」

「……さっきから、何の話をしてるんですか？」

瑞野さんが、眉間に皺を寄せて言った。声色には、ほんの少し怯《おび》えた響きさえ混じっている。

手にした紙細工に視線を落としてから、彼女はもう一度こちらを見た。

「『あいつ』って、いったい誰のことですか？」

僕は、その問いに答えない。

「また本、借りにきます。待っていて下さい」

再び頭を下げて、踵を返す。そのまま迷うことなく図書館の出口へ歩き出した。

(そう、必ずまた、僕はあなたに逢いに来てみせる)

もっともその時の僕は、きっとこの僕じゃあないのだけれど。


図書館を出ると、そこには一ノ瀬がいた。

通路に並んだアーチの支柱に背中を預けて、いかにも手持ち無沙汰といった佇まいで図書館を仰ぎ見ていた。少し遠目にしか見えなかったけれど、その視線はどこか物憂《ものう》げなようだった。

「よく、僕がここにいるってわかったね」

一ノ瀬と並んで通路を歩きながら、そういえば前にも彼女とここで出くわしたことがあったな、なんてことを考えた。

「家を訪ねたら、いなかったから」

奇しくも、彼女の返答もあの時と同じだ。僕は笑う。

「仕事は大丈夫なの?」

「この後、行く」

「そっか」

アーチの通路が終わると、遮るもののなくなった太陽が僕らを一際強く照らした。朝に比べて鋭さを失った日差しは、代わりにたっぷりの熱をその内に蓄えている。もうじき梅雨に差し掛かるとは思えない暖かさだった。

どちらかが言い出すまでもなく、僕らは公園のベンチに腰を下ろす。以前彼女と話をしたのと同じベンチだ。

あの時とは時間帯が違うはずなのに、あの時と同じく、眺める公園には子供たちの姿が目立った。小学校の下校時刻なのだ。

「元気、ないように見えるけど？」

一ノ瀬を横目に窺いつつ、口を開く。まっすぐ前を見据える彼女の目元には、やはり少し陰がある気がした。

「えー、そう？」

わざとらしいくらいに明るい声で、一ノ瀬は言う。こちらを見ないまま、意地悪そうに笑った。

「あー、きっとあれだ。折角私がプロデュースしてあげたとっておきのデートを、誰かさんが見事に失敗したから落胆してるんだ」

「……そういうこと言うかな」

「で、言い訳はある？」

「ないです」

あーあ、と彼女は背伸びをしてみせる。

「前日にあれだけ上映会したのになあ」

僕は口にそっと笑みを浮かべる。開くことはしない。あの上映会が結果的には役立ったことを彼女に伝えるのは、どうにも癪《しゃく》だった。

僕の沈黙をどう解釈したのか、彼女は五秒ほど黙り込んだ後、声を低めてそっと呟いた。

「昨晩、頼まれたことだけど」

来たか、と僕は思う。図書館の出口で彼女の姿を認めた時から、用件はもうわかっていた。

「どうなった？」

「一応、何とかなった」

「おお」つい、声が出た。心からの感嘆だ。「すごいなあ。ありがとう、一ノ瀬」

昨晩の僕が電話で頼んだ内容は、相当な無茶だったはずなのに。

「医療系の編集だからね、私。そのくらいの伝手はあるよ」

真顔のまま、彼女はぴくりとも表情を動かさない。形のよい唇が、でも、と動いた。

「でも？」

「どうしても、明日にならないと無理だって」

「そっか。うん、問題ないよ」

「……大丈夫なの？」こちらを覗き込んで、彼女は言う。「だって、明日は木曜日で」

「大丈夫」

僕が笑った途端、一ノ瀬の表情が曇る。まるで二人の表情が反比例しているみたいだった。

「やっぱり一ノ瀬、元気ないよ。どうしたの？」

「……むしろ、火曜日はなんでそんなに元気なの？」

「元気……そうに見える？」

彼女は頷く。そうか、彼女の目に、今の僕はそんな風に映るのか。

何だか、ほんの少しだけ面白いような気分になった。昨晩、彼女に電話をする直前までの僕は、きっとこの世の終わりみたいな顔をしていたっていうのにな。

「たぶん、見つかったからかな」

「見つかったって、何が？」

「僕が、やるべきこと」

一ノ瀬の顔が、ますます暗く沈んでいく。再び僕から目を逸らして、彼女はぽつりと洩らした。

「手術を、受けるの？」

僕の病状のことは、昨晩の電話で既に説明していた。何せ彼女は、僕の身体の急変を病院へ通報した人間なのだ。誤魔化す意味はどこにもない。

彼女の通報について、思うところはなかった。あの晩の僕の様子は明らかにおかしかった。僕が彼女の立場だったとしても、やはり同じ行動をとっただろう。

「まだ、決めてない」

僕の返答に、迷いはない。

「これから決める。一ノ瀬に頼んだことは、そのために必要なことなんだ」

ふと、くるぶしに小さな衝撃を感じる。視線を落とすと、足の隣にサッカーボールが転がっていた。辺りを見渡してみれば、遠くの方から知らない男の子が走ってくるのが見える。どうやら友達とサッカーをしていて、ボールを飛ばしてしまったらしい。

立ち上がって、ボールを蹴《け》り返す。強く蹴ったつもりだったけれど、ボールは何とも情けないバウンドを繰り返して男の子のもとへと戻っていった。

「ははっ」

ありがとう、と叫ぶ男の子へ向けて、小さく手を振る。

「やっぱり、水曜日みたいにはいかないな」

もちろん実際に見たことはないけれど、水曜日のパスはこんなものじゃあないだろう。

そういえば、水曜日が時折サッカーを教えているという「タカキ君」は、今頃何をしているのだろうか。

「……本当に」

一ノ瀬の声が、耳に届く。彼女の声とは思えない、今にも消え入りそうな声だった。

「どうして、そんなに元気なの？」

振り返ると、座ったままこちらを見上げる彼女と目が合った。

僕は息を呑む。

何せ一ノ瀬の表情ときたら、もはや曇りを通り越して、いつもの自信が嘘みたいに哀しげだったのだ。長い付き合いの中で、彼女のこんな顔なんて見たことがなかった。

「……おかしいなあ」

思わず、呟いていた。口元に浮かべたのは、笑みだ。面白かったからじゃない。そうしないといけないと思ったのだ。

いくら僕が自分のことしか考えられない男でも、彼女が今にも泣きそうになっている理由くらいはわかったからだ。こんなにも切実な姿を目にして、理解できない人間がいるはずもない。

一ノ瀬の綺麗な顔を今、見る影もなく歪めているのは——

眼前にいる人間を、心の底から案じる気持ちなのだ。

「僕のことなんかで、一ノ瀬がそんな顔をするなんて」

かろうじて涙を零さないよう、懸命に細められているまなじりを見つめながら、僕はあくまで笑ってみせる。

「一ノ瀬は、何も心配しなくていいのにさ」

高いところから降り注いだ光が、頑なに零れようとしない彼女の雫を、ひどく澄んだ色に煌めかせていた。

＊

「……やっぱり、止まってる」

自宅のプレイルームで、僕は呟く。リビングのテレビが消えた後の静寂に、その声はよく響いた。

眼前にあるのは、小さなチェス盤だ。プレイルームの隅に置かれた、六つのボードゲームのうち一つ。ゲーム好きの土曜日が、他の曜日と勝負をするために置いたものだった。一日に一手、自分の担当のゲームを進めるルールだ。僕なんかは大抵それを面倒がって、家を訪ねてきた一ノ瀬に「これ止まってない？」と指摘されるのが常だった。

けれど今、目の前のチェス盤において止まっているのは、僕の手じゃなかった。

「土曜日、指してないよね、これ」

昨日の僕はひどく混乱していたので、チェスを指すことを忘れていた。だから今になって昨日のぶんの手を進めようとしたところ、その事実に気付いたのだ。

もちろん僕は、一ノ瀬ほど目聡《めざと》くない。チェスの盤面なんて憶えてはいない。それでも、自分が前回指した手くらいは憶えていた。だから先週の自分が進めたポーンをもとの位置に戻して、もう一度次の手を考えてみた。

するとどれだけ考えても、やはり先週と同じポーンが、同じように動くのだ。間違いないだろう。この盤面は、先週から少しも変わっていない。

そんな風に思って見ると、隣にあるオセロも先週、水曜日のフリをして僕が石をひっくり返した時のままであるように思える。

「なるほどね」

僕は驚かない。ボードゲームから離れて、部屋の隅に置かれたタブレット端末を手に取った。

昨晩が嘘のような、穏やかな夜だった。食事と洗い物を終えた後は、もう何もやることがない。そして今日の僕は、明日まで一睡もしないことを決めていた。

朝までの長い時間が目の前に広がった状態でプレイルームにいると、先週の火曜が思い出される。あの時は一ノ瀬がいて、僕らは二人で血生臭い映画を延々と観た。けれど今夜、ここに一ノ瀬はいない。闇に沈んだ静寂の時間は、全て僕一人の所有物だった。

タブレットには、くたびれた紫色《土曜日》の付箋が貼ってある。【プレイしたら感想とバグ報告お願い】——土曜日が制作中のゲームアプリがインストールされているタブレットなのだ。

昔からずっと同じ場所に置いてあったものの、僕はこれまで一度もこのタブレットを手に取ったことがなかった。暇潰《ひまつぶ》しにはもってこいのアイテムだ。

いつもは黄色《日曜日》あたりの付箋で感想が貼り付けられているのだけれど、今はない。ソファに座り、タブレットの電源を入れる。ホーム画面にぽつんと佇むアイコンをタップすると、ゲームのタイトルロゴが現れた。

「『ぶたぶたきーきー2《ツー》』……？」

画面をもう一度タップすると、すぐさまゲームが始まる。赤、青、黒、茶、緑、紫、黄——七色のブロックが上から降ってきて、画面を埋め尽くすように積み上がった。よくよく見れば、ブロックは全て豚の顔をモチーフにしているようだ。

そのまま少し待ってみたけれど、プレイ方法を教えるようなメッセージは現れない。もうゲームは始まっているらしい。

「ええと、これ、どうやるんだ……？」

それからゲームの内容を理解するまで、僕は二十分の時間をかけた。勘で画面を撫でながら探ったところによると、どうやらこれはパズルゲームらしい。豚の鼻に鍵を突っ込んで回すと、ブロックを崩すことができる。その崩しかたでスコアが変わるようだった。

「絶対もっと説明が必要でしょ、これ」

一時間ほど遊んでから、僕はタブレットの電源を切る。

「っていうか、ハイスコア高過ぎるし。これ出したの誰？」

口では文句を言いつつも、内心は感服していた。グラフィックもシステムも、僕のスマートフォンにインストールされている大企業のゲームと全く遜色《そんしょく》がない。これを一人で作るのに、土曜日はいったいどれだけの時間と手間をかけているのだろう。

（それにしても——）

ソファから立ち上がって、タブレットをもとの位置に戻す。

（また、豚か）

僕の脳裏にまず浮かんだのは、水曜日が作った不器用な紙細工。次に思い浮かべたのは、一階の廊下に置かれた金曜日のジョウロだ。そういえば、図書館でタカキ君にどんな動物を工作したいか尋ねられた時に、僕が答えたのも豚だった。

これまで気付かなかったけれど、どうやら僕らは随分と豚が好きらしい。

同じ脳を使っているとは思えないほどバラバラな僕らなのに、何ともどうでもいい部分だけは一緒なのだった。思わず、笑ってしまう。不思議なほど愉快な気分だった。

（……あれ？）

くすくす笑っていると、ふと脳の隅に引っかかるものを感じた。

（何だかつい最近、他にも豚を目にした時があったような……）

少しだけ悩んでみたけれど、それがいつのことだったかは思い出せなかった。

「気のせい、か」

それから僕は、家の中をだらだらと歩き回った。若い建築士が丹精を込めて設計した一軒家には、その気になれば見るべきものがいくらでもあった。中でも、金曜日が家のあちこちに置いた植物は種類も大きさも実に豊富で、じっくり眺めてみて初めて、奴が園芸に凝る理由がわかった気がした。

「家が植物園になるのも、悪くないかもなあ」

そうして家の中を彷徨った結果、最終的に行き着くのはやはり屋根裏部屋だった。

照明を点けながら、少し前まで自分がこの部屋を苦手に感じていたことを思い出す。部屋の中に満ち満ちている、他の曜日のエネルギーに圧倒されていたのだ。けれど、今の僕はそうじゃなかった。

長い夜を過ごすのに、この部屋以上にうってつけの場所はない、と僕は思う。

木曜日の机に歩み寄る。並んだスケッチブックから一冊を抜き出して、開いてみた。

「……おお」

見開きいっぱいに、鮮やかな色彩が広がっている。抽象画、というやつだろうか。何が描いてあるのかはわからないものの、色合いだけで、その絵が人の視線を釘付《くぎづ》けにする力を持っていることはすぐに感じ取れる。

ぱらぱらとページをめくっていくと、次々に異なる色彩が現れる。やはりどれもモチーフはわからないものの、いくら眺めても飽きない魅力があった。

僕には描けそうにない、なんてどころの話じゃない。こんなものを描こう、という発想自体が、逆立《さかだ》ちしたって生まれようのない代物ばかりだ。ページの隅に描かれた小さな落書きが豚であることを理解した時には、まさか豚をこんな風に描けるだなんて、と笑うしかなかった。

日曜日の机の周りに貼られた魚拓もまた、じっくり眺めると素晴らしいものだった。木曜日の絵とはまた違う、強い生命力に溢れている。毎週の報告書に挟まれていた魚拓も、もう少し真剣に見てやればよかった、と少しだけ後悔する自分がいた。

「報告書……」

そういえば、と僕は呟く。一つ、思い当たることがあった。

楽器だらけの月曜日のスペースに足を踏み入れて、辺りを注意深く探してみる。数分で、アンプの近くに財布が投げ出されているのを見つけた。

「不用心だなあ、ほんと」

苦笑いしながら、月曜日の財布を開ける。分厚い財布の中身はほとんどがレシートだ。乱雑に詰め込まれたレシートをめくっていき、目についた一枚を取り出した。

近所にある、スーパーマーケットのレシートだ。記された日付を、そっと読み上げる。

「五月十七日——日曜日」

一行だけの品目は、『アジ　刺身用　一尾　一九八円』とある。

「……ちゃんと食べたのか?」

誰にともなく嘯いて、レシートを財布に戻す。そのまま、譜面台の横にあるヘッドホンスタンドに手を伸ばした。


僕が過ごす最後の水曜の夜は、こうして過ぎていく。

世界が明らんできた頃に屋根裏部屋を出て、気付けのシャワーを浴びてからリビングのテレビを点けると、男性アナウンサーの元気な声が一軒家の静寂を吹き飛ばした。

『おはようございます、六月四日、木曜日です』

日付を跨いだ朝にも、僕の人格が入れ替わる気配はない。僕の狙いが、幸いにも的中した形だ。

『木曜日の特集は、「うちのインコ」です。本日は――』

僕らの未来をかけた、勝負の一日の始まりだった。

3

一ノ瀬から教えられた待ち合わせ場所は、大学と住宅地を結ぶ線上の大通りに面したカフェだった。

奇しくも、火曜に閉じ込められていた頃の僕が、ずっと憧れていたオープンカフェだ。指定の時刻である十五時に訪れると、昨日に続いて穏やかな陽気だからか、屋外席はもう人で埋まっていた。

洒落たレイアウトの座席を埋めているのは主に若い女性で、近寄るだけで圧倒される活気が大通りにまで洩れていた。火曜に目の前を通り過ぎながら眺めた店と同じ場所だとは、とても思えない。

気後れする自分を叱咤《しった》して、「定休日」の札がない木製のドアを押し開ける。店内は屋外とはうって変わって静かな空間で、そこには僕が憧れたカフェの雰囲気がしっかりと息づいていた。

壁から調度品に至るまでが艶《あで》やかな木材で造られた空間を見回すと、屋外に比べて随分と少ないテーブルのうちの一席、もっとも奥まった一角に目当ての背中を見つけた。

二人がけの小さなテーブルへ歩み寄り、席に着く。正面にいる相手へ向けて、僕は小さく頭を下げた。

「お久しぶりです、安藤先生」

口に運んでいたカップをことりと置いて、安藤先生は笑う。

「うん、久しぶりだ。火曜日くん」

テーブルの上のカップを見ると、中身はコーヒーだった。微かに湯気が立っているから、先生もまだ来たばかりなのだろう。カップに添えられたミルクとスティックシュガーは未使用だ。

「少し、痩《や》せたかい？」

先生が心配そうにそう呟いたところで、僕らのテーブルにウエイトレスがやってくる。

水の入ったコップとお絞りを僕の前に置いて、落ち着いた声で告げた。

「いらっしゃいませ。ご注文はお決まりですか？」

「だ、そうだ。どうするかい？」

先生がそう促すけれど、何分僕はこんな店には入ったことがない。

「ええと、その……ミロ、とか」

先生はにこりと笑ってから、ウエイトレスに向けて指を一本立てる。

「ココアを一つ。温かいものを」

ウエイトレスが去っていくのを見届けると、先生は落ち着いた声で言った。

「次からは、慌てずにメニューを見るといい」

「……はい」

それからしばらく、僕らの間には沈黙が降りた。互いを穏やかに見つめながら、けれど目を合わせようとはしない不思議な沈黙だった。

無理もない、と僕は思う。一昨日、病院で新木先生が話してくれたことを思い出す。

──「過去数年にわたり、あなたの測定データに修正や改竄が見つかっています」

──「事態を隠蔽しながら、あなたの症状が現状のまま維持される方法を模索していた。あなたに処方される薬の成分が、少しずつ調整されていたこともわかっています」

あれは果たして、本当のことなのだろうか？　こうしていざ対面してみれば、安藤先生はよれよれのジャンパーから佇まいまでいつも通りで、とても自分の成功のために悪事を働くような人には見えない。優しくてけれどルーズで、何とも医師っぽくないおじさんのままだった。

「……また君に会えるとは、思っていなかったよ」

沈黙を破ったのは、先生だった。芳ばしい湯気とともにココアがテーブルに置かれてから、十秒ほど経った頃のことだ。

「ましてや、君の方から会いたいと言ってくれるなんてね。一ノ瀬くんから連絡を貰った時には、本当に驚いた。ほら、ぼくは君を――裏切っていた、訳だからね」

「…………」

「辛い目に遭わせた。許されることじゃない」

ココアをそっと口に含んで、僕はこくりと喉を鳴らす。

「先生に、訊きたいことがあるんです」

甘ったるい熱が、ゆっくりと胃に落ちていく。

「……なんだい？」

「僕の――いや、僕らの人格は、どうやって今みたいな状態になったんですか？」

先生が、ちらりとこちらの目を見た。僕は続ける。

「曜日ごとに入れ替わる、七人の自分。最初から、こうだったはずがない。先生が、薬とかで調節してくれたんですよね？　いったいそれは、どうやったんですか？」

先生は、そんなことを訊いてどうするんだ、といったことは口にしなかった。ただ少しだけ、僕に値踏みするような視線を向けただけだ。

コーヒーで口を湿らせてから、先生はそっと語り出してくれた。

「そうだな。ぼくが思うに、それはきっと、ぼくがやったことじゃないんだよ」

周囲の控えめなざわめきと、店内に流れるクラシック音楽が、先生の話に丁度いい彩りを添えていた。

「君の言う通り、ぼくのもとに来たばかりの君は、もっと不規則に人格が移り変わる状態だった。ちょっとした切っ掛けで、コロコロと違う誰かになってしまうんだ」

「その頃には、僕らは全部で何人だったんですか？」

「わからないな。今より多かったかもしれないし、少なかったのかもしれない。そんなことも判断できないくらいに、あの頃の君が持つサイクルは忙《せわ》しなかった」

先生の指先が、カップの取っ手をゆっくりと撫でた。

「もちろん、そんな状態ではまともな社会生活を営むことなど叶わない。だからぼくは、投薬で君の睡眠を管理、調整することで、人格交代のサイクルをコントロールしようと試みた。何が交代の切っ掛け《スイッチ》になるかもわからない状況で、唯一はっきりと特定できていた切っ掛け《スイッチ》が『睡眠』だったんだ。ならばその睡眠をより深く、そして安定させれば、切っ掛け《スイッチ》をそれだけに絞れるんじゃないかと考えた。結果は、君も知っての通りさ。うまくいったよ」

だが、と先生は視線を手元に落とす。いつの間にか、先生の右手は未使用のスティックシュガーを摘んでいた。

「あまりに、出来過ぎだったなあ。サイクルはきっかり一日ごとに収束して、しかも人格の数は曜日の数と同じときた。ぼくはただ投薬と生活指導をしただけなのに——だからね、ぼくはこう思うんだよ」

ぴしり、とスティックシュガーの先端が僕を向く。

「君の体質は、ぼくの治療だけで作ったものじゃない。ぼくと君の共作なんじゃないか、とね」

「共作、ですか？」

「うん。今まで続いた君の体質は、他でもない君自身が望んだものだったんじゃないか、ということだ。ほら、よく聞く話があるだろう。催眠術というものは、それをかけられる人間の方にその気がないと成立しない、なんてね」

「つまり」指揮棒のように動くスティックシュガーを見つめながら、僕は言う。「先生の治療を利用して、僕の脳が自分でサイクルを作った？」

「そう。もちろん、自覚はなかっただろう。だが、君は一日ごとに『自分』を切り替えたいと心の底で思っていた。切り替わる『自分』の数は、六つでも八つでもなく七つがいいと思った。心は脳で走るプログラムだからね。脳自体へ影響を与えてもおかしくはない」

そして先生は、スティックシュガーをもとの場所に戻して、頬杖を突いた。

「もちろん、こんな話には何の根拠もない。論文にはとても書けやしない。君に『そんな馬鹿な』と言われてしまえば、それまでの話だがね」

そのまま店の外へと視線を注ぐ先生。僕が店を訪れた時には賑わっていた屋外は、いつの間にか人の数が減って、随分と落ち着いた雰囲気になっていた。

先生の横顔を眺めながら僕が思ったのは、そんな馬鹿な、なんてことじゃなかった。

（確かに、そうかもしれない）

先生の話を聞くうちに、脳裏に蘇ってくる記憶があったのだ。

（ああ、そうだ。あの日――あの、事故の日）

僕が脳に傷を負う原因となった、幼い頃の自動車事故。

あれが起こった日、僕らは引っ越しをしていたのだった。

小学校のクラスメイトがお別れ会を開いてくれて、最後に大きな花束をくれた。その花束を抱えて、僕は自動車の後部座席にいた。父が設計した新しい家に向かう道のりで、事故は起こった。

（そうだ――そして僕はあの引っ越しが、嫌で堪らなかったんだ）

友達と別れたくなんてなかった。住み慣れた家を離れたくなんてなかった。新しい家に行ったからといって、父と母が昔みたいに仲良くなってくれるはずもないことくらい、小学生の子供にだってわかっていた。

色々なものを無理矢理断ち切られて向かう新しい世界が、今より良いなんてこれっぽっちも思えなかった。世界はこれから、ただただ悪くなっていくだけなのだと感じた。これからの日々を想像すると憂鬱で仕方がなかった。

だからきっと、あの車の中で、僕は心の底からこう思っていた。

（このまま、ずっと、同じ日が続いてくれればいいのに）

そして僕の脳は、その願いを叶えようとした。

人類の作った文明社会は、曜日によって回っている。世界は曜日で姿を変える。

どれだけの夜を越えても、曜日が切り替わらない人生。同じ姿のまま続いていく世界。

それが、幼い少年の脳に作り出せる精一杯の箱庭だったのだろう。

「――い。おうい」

安藤先生の声で、我に返る。

いつの間にか、先生は席を立って僕の傍らにいた。右の肩に、先生の手が置かれている。枯れ木のような、細くて軽い手だった。

「……すみません」ぶるりと頭を振ってから、先生を見上げる。「もしかして今、僕、ぼうっとしてましたか？」

「随分と、長い間ね。何度も呼びかけたんだが」

あくまで穏やかな表情で、先生は言った。

そうか、と僕は内心で呟く。

(なら、もうそろそろだな)

先生はゆっくりとした動きで席に戻って、ぽつりと呟いた。

「昨晩、君は眠っていない。そうだね？」

「……はい」

少しだけ僕を物言いたげに見つめた後、先生は溜め息を吐く。

「まあ、仕方がないか。君が木曜日にぼくと会うには、一番確実な方法だ」

そういえば、と今頃になって気付く。先生は、僕に「何曜日か」と訊かなかった。最初から、僕が火曜日だと理解していた。一ノ瀬がそう伝えたのだろうか。

口の中が乾いた気がして、手を伸ばす。テーブルのカップに触れて、少し驚く。ココアはもう、すっかり冷たくなっていた。

「君の病状については、聞いている」空のカップに手を添えて、先生は言う。「手術を受けるかどうか、決断はできたかな？」

「……そうですね」

ココアの残りを飲み干して、僕は笑った。

「あとは、話をするだけです」

「話、かい？」

「はい。一人だけ、話をしないといけない奴がいる。そいつと、これから話してきます」

「そうか、ああ、そうか」何度か頷いて、先生も笑った。「健闘を祈るよ」

聞くべき話は、もう聞き終わった。ありがとうございます、と頭を下げる。そのまま席を立とうとする僕を、先生は引き留めた。

「ちょっと、待ってくれるかな」

「……何ですか？」

椅子の傍らに置かれていた古い革の鞄を膝に載せて、先生は何かを取り出す。ことり、とテーブルの上にそれを置いた。

「君のものだ。受け取って欲しい」

それは、小さなキーホルダーだった。恐る恐る手に取ってみると、丸みを帯びた豚のフィギュアがぶらぶらと揺れた。

「……豚？」

「どう話せばよいのかな。君がぼくのもとへ来るようになった切っ掛けは、とある事故だった」

「交通事故、ですよね」

先生の目が、少しだけ見開かれる。

「思い出したのかい？」

「事故があった、ってことだけですけど」

「そうか」先生は、今度はぐっと目を細めた。「なら、話が早い。これは、その事故の現場から回収されたものだ。あまり、状態はよくないがね」

確かに近くでよく見れば、豚はその半身が砕《くだ》けていた。本当は、首より下に何か土台のようなものがあったのかもしれない。欠けた部分から覗ける中身は、綺麗な空洞だ。以前は何かが入っていたのだろうか。

「救急車が踏んでしまったと聞いている。外見が残っているだけでも御の字というやつだ。警察から戻ってきたものを、ぼくが預かっていた」

壊れたキーホルダーを、僕はそっと握りしめる。

何かを思い出した訳じゃない。けれど、そのキーホルダーには明確に感じるものがあった。

（これだ）

水曜日の紙細工、木曜日の落書き、金曜日のジョウロ、土曜日のゲーム——僕らの中に住む豚の正体が今、僕の手の中にあった。

「今まで、僕に渡さなかったのは……？」

「君たちの精神状態を考えたうえでのことだよ。現に君は、つい最近まで事故そのものを忘れているくらいだったからね。けれど、もういいだろう」

感慨深げに、先生は続けた。

「君たちは、随分と大きくなった」

僕を見つめるその目には、何かを深く慈しむような色があった。そのことに戸惑いながら、同時に僕は気付く。この色は何も、今になって急に現れたものじゃない。こんな風にあからさまじゃなかっただけで、きっとこの色はこれまでもずっと、この人の目の奥にあったのだ。

「……先生は」キーホルダーをショルダーバッグに大事に仕舞って、言う。「どうして僕らを、七人のままでいさせようとしたんですか？　医師の道を外れてまで」

先生は、哀しげに笑う。それでも、瞳の色はほんの少しも濁らなかった。

「新木くんは、ぼくのことを買い被り過ぎだよねえ。名誉や利益なんて、そんな大層な理由じゃないさ」

膝に載せた鞄に、先生は再び手を入れる。取り出されたのは、筒だった。学校の卒業証書などを入れる丸筒だ。

「書類が回収されてしまう前に、これだけは守ったんだ。往生際の悪いことにね」

きゅぽん、と丸筒の蓋が開けられる。中から現れたのは、古びた画用紙だった。丸められたそれを、先生は愛おしそうに開いていく。

「君たちは、ぼくにとって奇跡だった。一番欲しかったものをたまたま手にしてしまった男が、そこから動けなくなった。それだけの話なんだ」

カフェの柔らかな照明に照らし出されたのは、一枚の絵だった。

小学生が描いたような、下手くそな絵だ。鉛筆の力強い線で、男の人の顔が描かれている。優しげに微笑む顔の下には、同じく下手な文字が自己主張たっぷりに並んでいた。

――【安藤先生　いつもありがとう】

そして、その文言の下に小さく記されているのは、僕の名前だった。

染みだらけの画用紙を見つめる僕の耳に、安藤先生の声が届く。まるで独り言のような、小さな呟きだった。

「少々、欲張り過ぎだったかな。息子が七人、というのは」

僕は口を開かない。店内に流れるクラシックが聴き慣れた曲に変わっていることに、その時気付いた。

バッハの『ブランデンブルク協奏曲第六番』、第三楽章だった。

＊

安藤先生と別れた頃には、もう辺りは夕焼けに染まっていた。

大通りから角を曲がり、路地へと入っていく。飲食店や雑貨店が並ぶ大通りは、夕暮れから夜にかけても人通りが多い。これから僕がやろうとしていることを考えると、あまり人目のない場所に行くべきだった。

路地裏を十分ほど歩いて着いたのは、幅の広い歩行者専用道路だった。地面にはタイルが敷かれ、一定の間隔で街路樹が緑を伸ばしている。朱に染まったタイルの上に街路樹の影が伸びる様が、どこか物悲しくて綺麗だ。

この道を、僕は知っていた。昨日の朝走り抜けた、水曜日のランニングコースの一部だ。道の一方は図書館の裏手の川に――つまり病院がある一帯にまで続いていて、もう一方は僕が住む住宅地へと続いている。

丁度いい、と僕は思う。

見渡す限り、人影もない。勝負に臨むには、何ともお誂《あつら》え向《む》きの場所だ。ほう、と息を吐くと、不意に身体がふらついた。街路樹の一本に背中を預ける。

「……またか」

少し前から、僕の感覚は途切れがちになっていた。オープンカフェを後にしてからずっとだ。先週の水曜、瑞野さんとのデートで襲ってきたものと同じ現象だった。

（さて、いよいよだ）

瞼を閉じて、深呼吸をする。

感覚の明滅に対して、動揺することはない。前回とは違って、今回のこれは僕の想定内のことだったからだ。

むしろ僕は、この状態を実現するためにこそ、昨晩を寝ずに過ごしたのだ。薬を飲まず、睡眠もとらない――前回と同じ条件を揃えれば、同じ状態はきっと現れると思っていた。

覚悟を決めて、瞼を開ける。

ショルダーバッグの中から、一枚の書類を取り出した。クリアファイルに入ったそれは、僕らの脳に関する手術同意書だ。

病院に提出するかどうかで、僕らの運命が決まる――今の僕らにとって、もっとも重要な書類と言っても過言じゃない一枚だった。

落ち着いた心持ちで、署名欄に視線を移動する。新木先生から受け取った時には空欄だったそこには、僕の名前がしっかりと記されていた。

「僕は」

手術同意書を見据えながら、言葉を紡ぐ。

「今から、これを出しに行く」

まるで誰かに言い聞かせるように、一言一言をはっきりと口に出した。

街路樹から、背中を離す。まっすぐ延びた道の一方、病院へと続く方向を見据えた。

そして、力強く一歩を踏み出して――


「――ああ」


小さく、呟いた。

気が付けば、僕は足元を見下ろしている。一瞬前までは道の先を映していたはずの視界が、朱に染まるタイルで満たされていた。振り返れば、背中を預けていた街路樹は随分と後方にあって――その向こうに、僕が進むはずだった景色が見える。

僕の爪先《つまさき》は、いつの間にか病院じゃなく、住宅地を向いていた。

「……ははっ」

思わず、笑う。

「だよな、やっぱり」

よく見れば、街路樹の傍《そば》の地面に何かが落ちている。クリアファイルに入った一枚の紙――さっきまで僕が右手に持っていたはずの、手術同意書だ。

ならば、僕の右手は今、何を持っているのか。

右手に視線を落とすと、そこには僕のスマートフォンが握られていた。電源が入っていて、画面では茜《あかね》空に雲が流れている。インカメラが捉えた景色を表示しているらしい。カメラモードが起動しているのだ。画面の隅を見ると、静止画じゃなく動画を撮影する設定になっていた。

「なるほどね」

画面を数度撫でて、スマートフォンの動画フォルダを開く。

案の定、そこには身に覚えのない動画が一つ、増えていた。

動画を再生すると、スマートフォンのスピーカーから誰かの声が流れ出した。

『――あー、ったく』

『わかったよ。わかりました。規則がどうだのアイデンティティがどうだの、もうどうでもいいや』

これまでの人生で耳にしたことのないような、それでいてひどく慣れ親しんだような、不思議な声だった。

最初に映ったのは、地味な色合いの春用コート。そしてそのまま、カメラはゆっくりと上に移動して――

『で、結局そっちは何曜日？』

画面の中で、僕の顔がにやりと笑った。

そこで、動画は終わる。すかさず僕はカメラモードを起動して、録画ボタンを押した。

自分自身を撮影しながら、言う。

「火曜日だよ。初めましてだね、月曜日」


全ては、僕の狙い通りのことだった。

気付きの切っ掛けは、僕の病状について、新木先生が語った内容だ。

――「あなたの人格は、たった一つに絞られようとしているんです」

「七人を一人に絞ること」が、この身体に起こっていることの本質だとしたら。それは、火曜日《ぼく》が特別な訳じゃない、ということだ。水曜日が消えたのは、隣接する火曜日《ぼく》に何か他と違う点があったからじゃない。

ならば、他の曜日にだって、僕と同じことが起こっていてもおかしくなかった。

そして僕は、月曜日のことを思い出した。水曜日が消えてしまったことを、早くから察している気配があった男。奴はなぜ、隣接してもいない水曜に起こったことを把握できたのか。

それは、自分の身にも同じことが起こっていたから、じゃなかったろうか。

既に自分が他の曜日に目覚めていたからこそ、図書館からかかってきた電話に――スポーツ馬鹿の水曜日が本を借りる、という行動に違和感を覚えることができた。水曜に目覚めたのが水曜日じゃないという可能性に思い至ることができたのだ。

じゃあ、月曜日はどのようにして、他の曜日に進出していったか。火曜日《かようび》が進出したのは、自分の次の曜日である水曜日だった。けれど、月曜日の次は火曜日《かようび》だ。月曜日が僕と同じように進出したというのはありえない。

だから僕は、こう考えたのだった。月曜日は、僕とは逆の方向に進出していったんじゃないか――月曜から始まって、日、土と遡《さかのぼ》るように、他の曜日を自分のものにしていったんじゃないか、と。

気付いてしまえば、手がかりは幾つも転がっていた。

五月十七日、日曜日の報告書にあった魚拓の小ささ。月曜日の財布から見つかった同日のレシート。いつからか手が止まっているプレイルームのボードゲーム。病院からの呼び出しを頑なに拒んだという金曜日。

月曜日は、日曜、土曜、金曜と、着実に僕のいる曜日に近付いてきている。そう理解することができた。

だから僕は、夜を徹してまで木曜に来たのだ。

木曜の夕方以降――順に曜日を繋げていく火曜日《かようび》と、遡って曜日を繋げていく月曜日の衝突点。そこでならば、僕ら二人は同時に存在することが可能かもしれない。

睡眠や薬をとらないことによって起こる、目眩や感覚の途絶――僕という人格が途絶えるその隙間に、月曜日が割り込んできてくれるんじゃないか。

結果的に、僕の予想は的中した。十六年間互いの顔すら見たことのなかった僕らは今、生まれて初めての邂逅を果たしたのだった。

動画の撮影を停止し、踵を返す。

スマートフォンを右手に持ったまま、もといた場所へと歩み寄る。地面に落ちた手術同意書を左手で拾い上げて、そのまま病院へ向けて歩き出すと、再び意識が途切れた。

次の瞬間には、僕は住宅地へ向けて歩いている。

「っとと……」

不意に意識が戻ったせいで前へつんのめってしまう身体を何とか支えてから、スマートフォンを見た。新しく増えた動画ファイルを再生する。

『あーそう、やっぱり火曜日なんだ』

画面の中で、月曜日が再び笑った。

なんて凶暴な笑顔だ、と僕は思う。月曜日の顔は、毎朝鏡で見ているものと同じはずなのに、まるで別人のようだった。鏡の中では情けない印象で並んでいたパーツの全てが、今、狼《おおかみ》さながらの鋭さで僕を嘲《あざけ》っている。

『消去法で火曜日か木曜日の二択だったけど、まあ火曜日の方だろうって思ってたよ。なんか動きがそれっぽかったからさ。なんていうか、変にナイーブな感じ？　顔合わせなくてもさ、伝わるよな、そういうのって』

月曜日の背後には、僕の上に広がっているのと同じ茜空がある。歩きながら動画を撮っているのは明らかだった。

『で、だ』画面の中に、月曜日の左手が現れる。そこに持たれているのは、手術同意書だ。いつの間にかクリアファイルから取り出されている。『こういうのはナシ、ね』同意書を口に啣えて、月曜日は左手に力を込める。びりりり、と紙が破れる音がノイズのように響いた。

『ったく、本当は知らん顔してようと思ったのにさ。こんなもん見せられたら黙ってられないでしょ。ましてや、病院に行こうって歩き出しちゃうんだもんな。はいはいおめでとうそっちの作戦通りですねーよくできました』

執拗に破いた同意書を背後に投げ捨ててから、月曜日は真顔になって呟いた。

『ほんと、何考えてんのお前？』

動画が終わる。振り返ると、道には点々と破かれた紙片が落ちている。背中を預けた街路樹は、さっきよりもずっと遠くにあった。

僕は紙片を拾わない。書類なんて、もう一度病院で貰えばいい話だった。踵を返し、まっすぐ病院へ向けて歩き出す。

動画を観て、確信した。月曜日には、手術を受けるつもりが全くない。僕が病院へ向かおうとする限り、月曜日は僕にコンタクトをとらずにはいられないはずだ。

歩きながらも、スマートフォンのインカメラは自分に向けていた。動画の撮影を開始。

次の入れ替わりがいつ来るかはわからない。単刀直入に用件を口にするべきだった。

「聞いて欲しい話がある。僕らは、ちゃんと手術を受けないと駄目だ。このまま時間が過ぎるのを待って、七人が一人になっちゃうなんて、やっぱり間違ってる。病院に行こう。そして――」

そこで、僕の持ち時間は終わる。

途切れた意識が戻った瞬間、僕は転倒した。ざらつくタイルに頬を擦り付けながら、心の中で叫ぶ。

(そんな、早過ぎる――!)

地面に落ちたスマートフォンを拾い上げて、動画を再生する。

『あーやだやだ。やっぱそういうこと言っちゃうんだ。手術？　病院で、ちゃんと？　わかってるか？　あいつらそもそも、こっちを人間と思ってないんだぞ？　ごちゃごちゃ言い訳してたけど、結局は俺らのことオタマジャクシの尻尾《しっぽ》とか傷のカサブタと同じだと思ってるんだ。消えるのが正しいってさ』

そうか、と僕は唸る。

月曜日の動画が長過ぎるのだ。動画を観るだけで持ち時間の大半が消費されて、僕が録画する時間がなくなってしまっている。

『落ち着いて、考えよう。いいか、深呼吸だ、深呼吸。落ち着いたか？　折角俺ら、ここまで残ってるんだぜ？　今更手術なんて受ける必要ないって』

立ち上がって、病院の方向へ走り出す。少しずつ暗くなってきた道路を駆けながら、人通りのない道を選んで本当によかった、と思う。今の僕の様子を外から見れば、きっと頭のおかしい不審者そのものだ。

息を切らしながら、スマートフォンの画面へ向けて言葉を紡ぐ。

「僕だって、最初はそう思ったよ。でも、それじゃあ駄目だ。自分のことだけ考えたんじゃや——」

時間切れ——意識が途切れる。地面に身体を打ち付けながら、僕は忌々《いまいま》しげに叫んだ。

「——くそっ！」

一瞬前よりもまた一段暗くなった空が、視界いっぱいに広がっている。

（駄目だ、このままじゃ）

すっかり月曜日の独壇場だった。月曜日が先に長いメッセージを記録した時点で、持ち時間の配分が完全に偏ってしまったのだ。

あまりに間抜けな失策だ。奥歯を食いしばる僕の耳に、スマートフォンから声が届く。

『いい子ちゃんぶるねー、そういうの嫌いだな。ほんとに俺と同じ脳味噌？　素直になりなよ。そっちだって、自分でいたいんだろ？　俺は自分でいたい。消えるのはもちろん嫌だし、他の奴と一つになるのなんてもっと御免だ』

（何とかしないと、何とか……）

身体を起こしながら、周囲を見回す。すぐ近くにある街路樹の枝に、僕の視線は引き付けられた。

『こうして月曜日《おれ》と火曜日《おまえ》がこの夜に重なってるってことは、もう木曜日もいないってことだよな』

胸が、ずきりと痛む。

月曜日の言う通りだった。おそらく木曜日は、既に水曜日と同じように消えてしまっている。結果論だけれど、昨晩徹夜をしなかったとしても、僕は今日に来ることができていたのだろう。

或《あ》るいはそう、他でもない僕の徹夜こそが、木曜日を消す最後の引き金になったのか――

頭を振って、ショルダーバッグを摑む。今は、罪悪感に浸っている場合じゃない。僕はただ、自分のやるべきことをやるだけだ。

『一対一、恨みっこなしの勝負といこうぜ。俺が残るか、お前が残るか。確率は二分の一。悪くない勝率だろ？　同じ賭けでも、脳を弄くられても自分でいられるように祈るよりかずっといい』

「違う」

短くそう録画して、スマートフォンをポケットに仕舞う。そのまま街路樹に駆け寄った。

肩から外したバッグのストラップを使い、目の高さにある太い枝に右手を縛り付ける。

「……ぐっ」

痛みを感じるほどきつく結び目を絞った瞬間、意識が途切れた。

気が付いた時には、僕は右手に持ったスマートフォンを見つめている。僕の顔がリアルタイムで映った画面の隅で、「録画中」のマークが点滅していた。

よし、と小さく呟く。

痛む右手で録画を停止し、動画を再生する。新しい動画は、たった九秒しかなかった。

『違うって、何だ？　どういうことだよ』

枝に縛り付けられた腕を解くのに、月曜日は持ち時間のほとんどを消費したのだろう。

地面に投げ出されたショルダーバッグを拾い上げながら、録画を開始する。

「僕は、手術を受けるって言っただけだ。君たちと一つになろう、って言ってるんじゃない」

第三の選択肢だよ——と、僕は言う。

「手術を受けずに、どちらかが消えるのを待つ賭けじゃない。手術を受けて、一つになった自分が自分であるように祈る賭けでもない。手術を受けたうえで、僕は新しい賭けをしたい」

一度偏った時間配分は、そう簡単には覆せない。ここからは、僕が思う存分語りかける番だった。

僕は病院へ、月曜日は自宅へ——それぞれの目的地へと身体を運びながら、僕らは対話を続けていく。一つの道を間抜けに往復しつつ、転び、傷付きながら、再生と録画を繰り返していく。

『まどろっこしい言い方はナシだ。その賭けってのは何だ？』

「安藤先生が、言ってた。僕らの人格を作っているフィルターは、脳の傷だけでできたものじゃなくて、僕らの意思との共作なんじゃないかって。なら——」

深く息を吸ってから、僕は言う。

「脳の傷がなくなった後でも、僕らの意思でフィルターを保つことだってできるんじゃないか？」

それこそが、僕が導き出した結論だった。統合されることも選別されることもなく、僕らが僕らのまま生きていける唯一の方策だ。

一昨日の夜からずっと考え続けて、安藤先生の話を聞いたことでようやく辿り着いた答えだった。

——「心は脳で走るプログラムだからね。脳自体へ影響を与えてもおかしくはない」

先生は、確かにそう言った。もちろんその作用は、それだけで脳を自由に操作できるような便利な代物じゃあないだろう。例えばこのまま手術を受けずに、意思の力だけで僕らの脳に起こっている異変を食い止めることなんてできるはずもない。

けれど、手術を受けて、正常に戻った脳ならば。

フィルターを一から作ろうという訳じゃなく、十六年間も存在し続けて、すっかり脳が覚えてしまったものを維持していこうというだけの話ならば。

自分たちの意思を、信じてみる価値はあるように思えた。

「今、君は言ったよね。『自分でいたい』って。その意思でいい。僕だって、そうさ。自分でいたいよ。僕ら全員が、それを強く願うんだ。そうしたら――」

『あーはいはい』

顔面が地面に叩きつけられる。涙目で身体を起こそうとして、もう一度同じように転倒した。足がうまく動かない。見れば、両足のシューズの靴ひもが結び合わされている。

『何を言い出すかと思えば。もう黙っていいよ。そんなの、保証なんてどこにもない。ほんっとーにただの賭けでしかねえだろ。勝率の見積もりすらできねえ。五分五分の方がよっぽどマシだ。なんで俺がそんな賭けに乗らないといけねえの?』

必死に靴ひもを解いてから、スマートフォンに縋り付くようにして言った。

「勝率は、確かにそうかもしれない。でも、こっちの方が」

自分以外の誰かが消えてしまえばいい、なんていう賭けよりは。

自分の手じゃどうしようもない、手術後の奇跡を祈るだけの賭けよりは。

「ずっとずっと、希望のある賭けだ」

『あーもう、だからそういうの嫌いなんだって。ここまで来たんだ。二人のうちの一人に残れたんだぜ? こんな奇跡を擲《なげう》てるかよ』

いつの間にか辺りからは朱色が消えて、世界はすっかり薄闇の中に沈んでいる。

『真夜中を見たか？　俺は見たぞ。日曜の朝も、土曜の夜も、金曜も見た。他の曜日に仲間だって出来た……初めて人と一緒に演奏した。知ってるか？　誰かと一緒に何かをするって、怖えけど滅茶苦茶《めちゃくちゃ》楽しいぞ。それが普通なんだろうな。でも初めてだった』

僕の身体は、いつしか街路樹が並ぶ道が終わるところにまで至っている。病院側じゃなく、住宅地側の終わりだった。

全身が痛みだらけで、僕はもう、まともに身体を動かすことができなくなっていた。

『お前もそうだろ？　誰かと出会った。世界が変わった。もう、戻れない。七人になんて、戻って堪るか。また月曜に閉じ込められるのは御免だ』

ふらつきながら、それでも僕は歩く。遥《はる》か遠くに見える道の終わりを、霞《かす》んだ目でまっすぐに見据える。

「僕だって、その気持ちはわかるよ。わからない訳ないじゃないか。でも――」

鼻の中に血の臭《にお》いを感じながら、呟いた。

「僕は、水曜日のことを知ってしまったから」

遠くから、子供たちの笑い声が聞こえた気がした。

「水曜日だけじゃない。木曜日も、金曜日も、土も日も、そしてもちろん……君も」

知ってしまった。

知ってしまったら、見なかったことにはできない。

いなかったことになんて、できるはずもない。

「水曜日を、瑞野さんに逢わせてやりたいんだ。木曜日にもっと絵を描かせてやりたいんだ。金曜日の手で家がどうなっていくかを見たいんだ。土曜日に、まだ一度もゲームで勝ってないんだ。日曜日の釣った魚をまた食べたいんだ。月曜日と君《きみ》だって、こんな話じゃなくて、話したいことが沢山あるんだ」

――「自分の人生を七人で分けるのと、一人占めするのは、どっちがいい？」

もし、こんな身体になる前にそう訊かれたら、僕だって「一人がいい」と答えるに決まっている。けれど、僕らはもう分かれてしまったのだ。生まれてしまったのだ。そのまま十六年を重ねてしまったのだ。

がしゃああん、と画面の向こうから音が響いた。右足に鈍い痛みが増えている。傍らにある看板を、月曜日が思い切り蹴ったらしい。

『だーかーら！　そういう綺麗ごとが嫌いだって言ってんだよ！』

画面の中で、月曜日が叫ぶ。その表情を見て、僕は思わず呻いた。

「……くそっ」

『俺は絶対に認めねえからな。同意書持って病院行ってみればいいじゃんか。俺に代わったところですぐに騒いでやる。手術、断固拒否だってな！　お前の賭けなんて、それだけでおじゃんだ。わかってんだろ？　そのためにわざわざ俺を説得しようとしたんだもんなあ。はい残念でしたーお前の企《たくら》みは失敗です』

月曜日の顔は、もはや牙《きば》を剝《む》く獣そのものだった。

（これじゃあ、駄目だ）

僕の身体はどんどんと病院から離れていく。歩行者専用道路を飛び出して、人通りのあるアスファルトの国道へと転がり込んだ。夕暮れを歩くまばらな人々が、恐ろしいものを見るような目を僕へ向けては小走りで逃げていく。

（ようやく、ここまで漕ぎ着けたのに……ここで説得できなければ、何もかもが終わりなのに……！）

それでも、月曜日は止まらない。完全に激昂《げきこう》していた。僕がどんな言葉を送っても、それはほんの少しも届く様子なく消えていくだけだった。

（どうすればいい……どうすれば……？）

『何のために俺が、お前の下手くそな偽の報告書までうまく書き換えてやったと思ってんだ。一人だけになりたい。毎日を全部味わいたい。誰でも持ってる当たり前の、普通の、まともだ！　それが欲しいだけだ。何が悪いんだよ！』

がしゃあああん、と再び音が響く。身体がフェンスに叩きつけられた音だ。見れば、いつか一ノ瀬と訪れた工事現場に、僕はいた。視界の隅で、見覚えのある人形が腕を振っている。

『明日も自分でいられる。それだけでいい。それだけで何でもできるんだ。きっと、幸せってやつにだってなれるんだ。いいか、俺はな――』

「――何やってんの？　兄ちゃん」

不意に、背後から声が響いた。

スマートフォンから視線を外して、振り返る。そこには、見覚えのある小さな人影が立っていた。

「……タカキ、くん？」

水曜日がサッカーを教えているという少年――ランドセルを背負ったタカキ君が、険しい顔で僕を見ていた。

どうやら、友達とサッカーで遊んだ帰りらしい。サッカーボールを抱えた彼の隣には、いつか図書館で見た眼鏡の少年もいる。

「って、うわあ。すげえ怪我じゃん。大丈夫？」

「い、いや、これは……その……」

僕が一歩を踏み出した瞬間、タカキ君の姿が消える。眼鏡の少年が、タカキ君と僕の間に身体を入れたのだ。

足を、止めた。

少年の眼鏡の奥の目が、潤《うる》みながら僕を睨《にら》みつける。彼は背負っていたランドセルを身体の前に回して、そこに下がったキーホルダーを摑んでいた。パンダの形をした、可愛らしいキーホルダーだ。

パンダの尻尾の部分に、小さなリングが付いている。そのリングに、細い指がしっかりとかけられていた。

目に映る光景の意味を僕が理解する前に、タカキ君が慌てたような声を上げる。

「ちょっと待てって、この人は」

そこで、僕の意識はまた途切れてしまう。

「――っ!」

再び意識が戻ってきた時、世界は一変していた。

最初に認識したのは、強い目眩。まるで三半規管を無造作に掴んでぶん回されているようなその感覚が、耳に飛び込んでくる音によるものだと気付いたのは、一瞬遅れてのことだった。

耳をつんざく大音響が、夜道をけたたましく満たしているのだ。

「――げろ!」

鼓膜が痛むほどの音圧の中、タカキ君が叫ぶ。彼は眼鏡の少年から、必死にパンダのキーホルダーを取り上げようとしていた。

辺りを満たす音響は、そのキーホルダーから出ているらしい。

「逃げろ!　兄ちゃん!　捕まっちゃうぞ!」

その言葉にはっとして、僕は駆け出す。痛みで動こうとしない身体を無理矢理動かして、這いずるようにその場を離れた。

（この……音……）

再びタイル敷きの道を進みながら、心の中で呟く。頭が、ひどく熱い。自分の心拍数が、これまでにないほど上がっていくのがわかった。

音に驚いたからじゃない。誰かが駆けつけてくることを心配した訳でもなかった。

（そうか、この音だ……）

背後に遠ざかっていく音に、僕は覚えがあったのだ。

まるで一繋がりの鈴の音のような、甲高い電子音。

（どうして、気付かなかったんだろう）

ショルダーバッグのストラップを、ぐっと摑む。その中に入っているはずの壊れたキーホルダーの姿が、脳裏に浮かんでいた。

（防犯……ブザー……）

夜風に乗って届く、この音こそが――

僕が見続けてきた、灰色の夢。全ての始まりとなった事故の現場に、響き続けていた音だった。

――「ねえ」

明滅する視界の狭間《はざま》に、浮かび上がる情景がある。

穏やかな木漏れ日で満たされた並木道。辺りには、色とりどりのランドセルを背負った子供たちが歩いている。今の町に引っ越してくる前に住んでいた家の近くだ。

小学校から帰る僕らが、決まって通る静かな道だった。

僕の手には、大きな花束があった。転校していく僕のために、クラスのみんながくれたものだ。

――「ねえ」

僕が二度目の声を掛けると、すぐ前を歩いていた女の子が振り返る。くりりとした眼の、気が強そうな子だった。

クラスの中でも、一際仲が良かった女の子だ。下校の時にはいつも一緒で、二人で馬鹿な話をしては笑っていたものだった。同じクラスのはずなのに、なぜか僕のことを子供扱いしてお姉さんぶりたがる不思議な子だった。

――「何か、くれない？　想《おも》い出《で》になるやつ」

僕が手を差し出すと、女の子は少し悩んでから、自分のランドセルにぶら下がったキーホルダーを外して、その手に載せた。

豚の形をした、小さなキーホルダー。

藁《わら》で編んだような質感の籠《かご》に、ひょこんと豚が座っている様が可愛らしい。籠の部分からは、リング状の紐が下がっている。その子が先週買って貰ったばかりの防犯ブザーなのだった。自慢してみせるその子に、僕が「欲しい」と繰り返したのを覚えていたのだろう。

――「いいの?」

質問には答えず、女の子は僕の頭に手をぽん、と置く。そして、そうだ、彼女は確かに、にかっと笑ってこう言ったのだ。

――「幸せになれよ!」

(ああ……ああ!)

次に訪れた情景は、自動車の天井だった。後部座席に寝転がる僕の胸には、さっきと同じ花束が置かれている。

引っ越しに向かっていく、車の中だ。僕は両手で、豚のキーホルダーを弄《もてあそ》んでいた。どうしたって守れなかった、けれどとても大切だった繋がり――その形を、小さな指先で必死に確かめていた。きっとそれは、幼い僕にできる精一杯の現実逃避だった。

なのに――

豚の鼻先をそっと撫でた瞬間に、運転席から怒鳴《どな》り声が聞こえてきた。驚いて、僕は豚を花束の上に落としてしまう。

父の声だった。すぐさま、助手席で母が叫ぶ。花束から豚を救出しながら、僕はまたか、と思う。ひどく、憂鬱な気分だった。

――せめて今日くらいは、仲良くしてくれればよかったのに。

声の応酬は続いて、一向に止みそうにない。僕はそんな声なんか、一秒だって聞いていたくなかった。小さな車内の醜《みにく》い音響が、これからの自分を待つ日々を暗示しているように感じたからだ。

そして、ああ、そして。

その時の僕の視界には、豚のキーホルダーがあったのだ。

細い指を、リング状の紐にかける。自分の耳を塞ぐよりも、ずっと痛快な指の使い方だなんて思いながら。

指に力を込めると、紐の先に付いたピンは驚くほどあっけなく抜けた。

どんな道をどのように走ったのかは、憶えていない。

気が付くと、僕の身体は川沿いの遊歩道にあった。空には幾つもの星が瞬いて、堤防の上から見下ろす川面にそれらがひどく忠実に映っていた。

誰もいないアスファルトの道を、ふらふらと歩く。バチバチと瞬き続けるフラッシュバックで、頭が変になりそうだった。

瞼を閉じる度に浮かぶ、車の天井。突如車内を満たした大音響に、こちらを振り返る両親。小さなピンを摑んで豚の籠へと戻そうとするも、震えた手はまともに動いてくれなくて――

「――あああっ！」

自動車の破砕音が耳の奥に轟《とどろ》いたのと同時に、身体が路肩に倒れ込む。そのまま、堤防のなだらかな斜面を転がり落ちた。

視界が思い切りシェイクされた十数秒の後、僕は河川敷に仰向けで横たわっていた。

高くまっすぐ生《は》えた草が、星空へと伸びているのが見える。どうやら、茂みに突っ込んだらしい。

「……何してんだよ、お前」

急に訪れた静寂の中、僕の声が響いた。

「痛えだろうが……ぼけっとすんな」

僕の言葉じゃなかった。僕の意思とは独立して、口が勝手に動いているのだ。

ふらつきながら、立ち上がる。うわ言のように、僕は呟いた。

「ねえ、月曜日……」

「ああん？」

意識が途切れるまでもなく対話が成立してしまっていることに、驚く余裕もなかった。

「今のって……君も、見ただろ……？」

幼い僕が受け取った、豚のキーホルダー。それをくれたクラスメイトの女の子。そして、車内で僕の指が引っ張った小さなピン――

「もしかして、あの事故って……父さんと母さんが死んだのは……僕が……」

「それが、どうしたんだよ」

「……え？」

僕は目を見開く。

月曜日の声は、さっきまでが嘘のように冷静だった。低く、穏やかで、そして投げやりだった。

「今更だよ。ほんと、今更過ぎるほど今更だ。お前だってまさか、あれがあそこまでうるさいなんて思わなかっただろ？」

茂みの中で、足を踏み出すのも忘れて立ち尽くす。耳に潜り込んでくる響きに、強烈な違和感を覚えたからだ。

（なんだ、これ……）

いくら月曜日が強気な奴だからって——この声は、あまりにも冷静過ぎる。

「後悔とかしちゃうのは、まーわからなくもないけどさ。気にするだけ馬鹿らしいってなあ？」

「……君は」

そっと口から洩れた僕の声は、微かに震えていた。

「もしかして、知ってたの？　僕と違って、最初から……全部、憶えてた？」

少しの沈黙があった。傍らの川から、水の音がさらさらと流れてくる。

冷たい夜風が頬を撫でて消えた後、月曜日が口にしたのは、

「それが、どうしたっていうんだよ」

だった。


「ふっ……ざけるな！」


夜の空気に、叫びがこだまする。僕の叫びだった。自分でも驚くほど大きな声だった。

「……何だよお前、急に」

「だったら、どうして！」

「どうしてちゃんと教えてくれなかったのか、って？　お前さあ、どうして俺がそんな」

「どうして、君は手術を拒むんだ！」

目の前の草を、ぐいとかき分ける。痛む足を、必死に前へと踏み出した。

「僕らは……僕らがこうなった原因があのキーホルダーなら……絶対に、身体を治さないと駄目じゃないか！」

はあ？　と月曜日の声。

「何言ってんの？　お前、マジで頭がおかしく」

「だって、そうしないと――」

茂みから這いずるように脱出して、僕は言った。

「いつまでも、一ノ瀬が救われない！」

川の流れていく先にある町明かりをまっすぐ見据えて、歩き出す。

幾つも重なるあの光の中に、新木先生の待つ病院があるはずだった。

「一ノ瀬って、お前……」

「今、ようやくわかった。一ノ瀬が、どうして僕に構ってくれてたのか。そもそも、どうして僕のもとに来てくれたのか」

――「大事にしないとさー同居人は。同級生と同じだって」

――「前にも、言ったでしょ。大事にするタイプなんだ、私。同居人とかさ、そういうの」

そうだ。僕へ向けて、一ノ瀬は確かに言っていた。

彼女は、僕の同級生《クラスメイト》だった。引っ越していく小学生の僕に、豚のキーホルダーをプレゼントしてくれた女の子。あれが一ノ瀬だったのだ。

――「幸せになれよ！」

幼い僕の頭に載せられた手の感触が、ありありと蘇る。大人になった彼女の手と、どこか通じる優しい温かさ。この記憶に嘘がないのなら――

「罪悪感だ」その言葉を口にした時、胸がひどく痛んだ。「彼女は、僕らの事故が、自分が贈った防犯ブザーのせいだって知ったんだ」

医療関係の編集者をしている一ノ瀬だ。きっと彼女は、仕事の調べ物でもする中で、僕という患者の存在を知ったのだろう。そして興味を持って調べるうちに、僕の素性にも気付いてしまった。

「だからあいつは、僕らのもとを訪れて……それからずっと、傍にいてくれたんだ。僕らがこんな身体になったのは、自分のせいだと思ったから」

ここまで散々痛めつけられてきた身体は、どれだけ力を込めてもうまく動いてくれない。それでも、僕は歩いた。生まれて初めての感情が、自分の中で強く湧き上がるのを感じていた。

「……あの紐を引いたのは、俺の意思だろ」

月曜日が、低い声で言った。

「一ノ瀬は、そのことを知らない。それを知ってるのは、あの時車内にいた僕らだけなんだ」

「じゃあ、それを言ってやれば……ああ、でもあいつは」

「そうだよ。そんな言葉じゃ、きっと納得しない。あいつは面倒な奴だから……色んなことを、考えてしまう奴だから」

大きな石に躓《つまず》いて、前のめりに転倒する。湿った砂が、口の中に入り込んだ。血の味がする砂を噛みしめながら、僕は水曜日のことを思い出す。

奇しくもこの河川敷で、一人の人間を救った男。僕にはきっと、あいつと同じことなんてできやしない。けれど、それでも――

こんな僕にだって、見逃せないことはある。どんなに苦しくてもやらないといけないことくらいは、ちゃんとわかるんだ。

ふらりと立ち上がり、暗闇へと腕を伸ばした。遠くの明かりを摑もうとするかのように、その手を握る。

握った拳を胸に当てて、言った。

「もう、解放してあげないと。僕らがしっかり身体を治して、自分の意思で未来を選んだんだって伝えないと、彼女はどこにも行けないよ」

今度は、長い沈黙があった。僕の足が引きずられる音と水音が絡み合う数分間の後、月曜日はそっと呟いた。

「……もう、いい」

最初、僕にはその言葉の意味がわからなかった。

「無理しなくて、いい。もう疲れた」

「月曜日……君は」

「わかったよ。お前の賭けってのに乗ってやる」

口がそう動いた途端、全身から力が抜けた。

河川敷の真ん中に、仰向けに倒れ込む。

ありがとう、と僕が小さく呟くと、月曜日がうんざりしたように唸った。

「ったく、仕方ねえだろ。お前、ずりいんだよ。よりにもよってあいつのことを持ち出しやがって……」

視界いっぱいに広がる夜空は高くて、どこまでも澄んでいる。今更ながら、それに見惚れる自分がいた。

心が落ち着くと、それを待っていたかのように、全身の痛みが急に大きく感じられた。もう、指一本たりとも動かせそうにない。

「次に……目が覚めたらよ」

月曜日が、ぽつりと洩らす。僕らの意識は、星を眺めながら浅い呼吸を繰り返すうちに、少しずつ遠のいていた。

「目覚めるのは……どっちだろうな……」

「わからないよ、そんなの」不思議なほど自然に、その言葉は口にすることができた。「でも、どっちにしても……」

「いちいち言うなって……祈ってやるよ、ちゃんと。俺が俺であるように、強く、強く……だろ?」

僕は笑う。

「そういえばさ」

「うん?」

「僕、君の音楽、聴いたよ」

「……はあ?」月曜日のものとは思えない、ひどく間抜けな声だった。「マジで?」

「宅録、っていうんだっけ? 昨日の夜に、ちょっとだけ……」

「お前、勝手なこと、すんなよな」

「良かったよ。音楽についてはよくわからないけど……なんか、心地よかった」

「なんだよ、それ」

「ライブとかは……しないの？」

月曜日は、そこで少しだけ逡巡《しゅんじゅん》する。

「……来月」

「へ？」

「来月まで、俺だったら……考えとく……」

「それは……楽しみ……だ……」

視界を満たす星々が、ゆっくりと消えていく。世界が暗闇に落ちるその時が来ても、僕の心はひどく穏やかだった。

もう、不安はない。恐怖も焦りも罪悪感もなかった。ただ、強い確信だけがあった。いつになるかもわからない次の目覚めについて、思いを馳せる。その時、僕らの脳には新しいフィルターが生まれているだろう。

薬じゃない。傷でもない。僕らが僕らの意思で生み出すフィルター。一つの人生を七つに分けるんじゃなく、一つの人生で七倍の喜びを味わうためのフィルターだ。

一度、構築に成功したならば——それはきっと、死ぬまで揺らぐことはない。

瞼がすっかり閉じてしまう直前、遠くから誰かの声が聞こえた気がした。

（一ノ瀬……）

もちろんそれは、ただの空耳だったのかもしれないけれど。

エ ピ ロ ー グ

Gone Wednesday

epilogue

Monday

1

聞こえているのは、静かな音。

ぴっ、ぴっ、ぴっ——繰り返される、穏やかな電子音。それは、身体の内側から響く心音とぴったり同じタイミングだ。僕の身体は仰向けに横たえられていて、ほんの少しだって力が入らない。

夢、だった。

近頃の僕が、繰り返し見る夢。少し前まで、僕の夢といえば硝子が降り注ぐ灰色の夢だった。けれど今は、もう違う。そのことを、僕は少しだけ嬉しく思う。

今の僕が見るのは、夢の夢。

三ヵ月ほど前に行われた脳外科手術——十時間以上にも及んだ戦いの中、おぼろげな意識の狭間に過ぎった情景《ヴィジョン》の再演だ。

耳に入ってくるのは手術室の物音ばかりで、身体には力が入らなくて、瞼はかたく閉じられていて、けれど僕は同時にそこじゃないどこかにいた。柔らかな光に満たされた、不思議な場所だった。目に見える全ては曖昧で、木漏れ日が降り注ぐ並木道のようでも整然とした図書館のようでもある。

そして僕の前には、僕がいた。同じ身体を使っているはずなのに、まるで別人のように立ち姿が違う六人の僕だ。ああ、と僕は勝手に納得する。安藤先生が言っていた、僕らを分けているのはフィルターだという話は、本当だったのだな。

脳の中で完全に別の場所に隔離されている訳じゃないから、一つの認識の中に全員が重なることができる。これ以上なく朦朧《もうろう》とした意識の中でなら――こうして、互いに顔を合わせることだってあり得るのだ。

それはきっと、魔法の時間だった。手術が終わって目覚めてしまえば、もう二度とは訪れてくれない一度きりの邂逅だ。

スポーツウェアを着た水曜日と、瑞野さんのことを話した。折角僕が応援してやろうとしたのに、奴ときたら照れてばかりで、二言三言を交《か》わしたらもうどこかに行ってしまった。

眼鏡にエプロン姿の木曜日とは、奴の描いた絵の話をした。「結局あれは何を描いたものなの？」と僕が訊くと、奴は「見たまんまの風景画」と答えた。ぴんと来ない顔をする僕に投げつけられた悪態は相当なもので、なんて口の悪い奴だ、と僕は苦笑いをした。

金曜日は清潔なワイシャツの裾をズボンにしっかりと入れていて、何とも几帳面《きちょうめん》そうな奴だった。植物の世話について話を振ったら、どこまでも細かく手順を説明されてしまい途方に暮れた。

土曜日には、奴が作ったゲームの感想を伝えておいた。「えー？　そこわかんないかなあー？」と掻きむしった頭には見事なパーマがかかっていて、同じはずの身体がどうやったらこうなるのか、僕には不思議で仕方がなかった。

　ダウンジャケットの襟に口元まで隠した日曜日は何とも無口な奴で、僕だってもちろん話が得意な方じゃないから、会話はほとんど成立しなかった。かろうじて奴は「車の免許が取りたい」と呟いて、僕は「それはいいね」と返した。それだけだった。

　そして、月曜日。こいつとの話は、少しだけ長かった。

「馬鹿だよなあ、お前」

　ゆったりしたカーディガンを羽織った月曜日は、そう言って笑った。

「何だよ、急に。失礼な奴だなあ」

　僕がそう返すと、奴はどこからか取り出した煙草に火を点けた。

「大人になった一ノ瀬の奴がさ、最初に自分の前に現れた時のこと、憶えてるか？　俺は憶えてる。あいつさ、『あっ違う』って顔したんだ。自分ではそうじゃないつもりみたいだけど、あいつはわかりやすいからな。バレバレだったよ」

「僕の時は、そんなこと……」

「なかったんだろ？　だからさ」煙をふうっと吐き出してから、奴は意地悪そうに僕を見た。「きっと、お前がオリジナルだったんだぜ？　素直に手術だけ受けて一つになってりゃ、そこに残る人格はお前だった。手術を受けなかった場合はわかんねえけどよ」

　もう一度煙草を吸って、月曜日は僕へ向けて息を吹きかける。

「それがお前、余計な『賭け』なんて考えてもとの木阿弥《もくあみ》だ。馬鹿な奴だよ」

奴の顔にどこか吹っ切れたような雰囲気があるように感じたのは、気のせいだったろうか。僕はそっと笑った。

「……まあ、いいさ。一人より、七人の方がいい」

「本当に、そう思うか？」

迷わず、頷いた。「よく、言うじゃないか。僕らくらいの歳になると。『人生を一からやり直せたら』ってさ」

幼い頃に戻れる機械があれば、今とは違う未来を確かに掴んでみせる。そうだ、漫画家だ。漫画家を目指そう。子供の頃は絵がうまいと褒められたものだ、きっと才能はあったはずなんだ——なんて。そんな、誰もが弄ぶ「もしもの自分」。

「だけど僕は、わざわざやり直さなくても知ってる。この身体は、楽器を弾ける。絵を描ける。ゲームも作れるし、誰かの心を掴むことだってできる。『もしも』なんかじゃないリアルタイムで、自分の可能性を見せつけてくれる同居人がいる。そんな奴らを見てると、こんな自分にも何かができるんじゃないかって気になってくる」

いつか聴いた月曜日の音楽を思い出しながら、続けた。

「僕はつまらない人間だからね。そのくらい見せつけられて、初めてまともにやれそうなんだ」

「ふん。格好つけやがって」

「それに、さ」

「それに？」

「誰かと一緒に何かをするのって、滅茶苦茶楽しい――んでしょ？」

月曜日は、声を出して笑った。それから奴は、あーあ、と口を尖らせる。

「やっぱり、お前の口車に乗せられるべきじゃなかったかねえ。情けなかったはずの曜日が、すっかり一人前ですって顔しやがって。消えて貰った方がよかったな」

「おい」

「今からでも、お前だけ消えてみねえか？　大丈夫だって。火曜はちゃんと、俺がお前っぽく過ごしてやるから。モノマネ得意なんだよ、俺」

どうも、僕、火曜日です――なんて、わざとらしい口調で月曜日は言う。

「いや、全然似てないよ……？」

「そりゃあ、本気でやってないからな。気合いを入れたら一ノ瀬だって騙せるぜ」

「……まさか、本当にやる気じゃないよね？」

「ははっ、どうだろうなあ」

いつの間にか取り出されていた携帯灰皿に、煙草がぐっと押し付けられた。

「まっ、今のお前にだって負ける気はしねえからな。いいだろ。ムカつくことにお前に気付かされたこともあるし」

そうして、奴は遠くを見つめて呟いた。

「俺は、幸せになりたかったんだ。俺自身が幸せになることが、一番大事だった。好きなことを好きなようにやって、楽しく生きてれば幸せになって、それで全部がうまくいくもんだと思ってた。けど、違うよなあ。どうして気付かなかったんだか」

あれから僕は何度もこの夢を見たけれど、どれだけ繰り返してみても、奴のこの言葉の意味だけはよくわからない。

「『幸せになれ』って言われたからって、素直にわかりました、じゃ駄目だった。そりゃそうだよなあ。もう、小学生の片思いじゃねえんだから」

けれど、僕へ向けて「負けねえぜ」と口にする月曜日は、やはりひどくすっきりしているように見えて――

だからこの夢を見る度に、僕は自分の選択が間違っていなかったと思うのだ。

2

九月二十二日の火曜日は、いつもと違う朝だった。

ゆっくりと開いた目に飛び込んできたのは、見知らぬ天井だ。吸い込まれそうな染み一つない白色が、視界をいっぱいに満たしている。僕が寝起きしている寝室の天井とは、比べるべくもない美しさだ。

(ああ、そうか……)

僕は慌てない。起き上がらないまま、ゆっくりと寝返りをうつ。やけに柔らかな枕に頭を半分沈み込ませながら、ベッドの傍らにある窓をぼんやりと見つめた。

「……おお」

思わず、声を洩らす。カーテンは開いていたから、天井まで至る大きな硝子窓の向こうが、寝転んだままでもよく見えた。精緻《せいち》な細工が施された窓枠に縁どられているのは、静かな水面。そしてそれに寄り添うように並ぶ整然とした町並みだ。

町並みを構成している家の数々は、どれも本でしか見たことがない西洋建築で——目に映る全てが、紛れもないヨーロッパの景色だった。

「本当に、来たんだ……」

水の都、ヴェネツィア。その一角にあるホテルに、僕はいた。

「やろうと思えば、できるんだな」

感慨深げに、呟く。ここに来るまでの月日のことが、脳裏を素早く巡っていった。

六月に受けた手術の後、僕らは無事にまた七人になって——けれど、前と全く同じ状態に戻った訳じゃなかった。

何が切っ掛けだったかは、わからない。けれど僕らはいつの間にか、これまでよりもずっと互いを意識するようになっていた。付箋に書かれるメッセージがただの用件だけじゃなくなっていき、報告書の内容も少しずつ詳しくなって、次第に僕らは同じ身体を使うだけの他人行儀な同居人じゃなくなっていった。

そして、一ヵ月半ほど前。僕は勇気を出して、付箋にこう書いてみたのだった。

――【海外旅行に行きたいんだけど、協力してくれる?】

それからの話は、驚くほどスムーズに進んだ。水曜日が【九月の連休とかいいんじゃない?】と書いたのを皮切りに、付箋はどんどん連結されていって、三週もすれば旅行の段取りは全て決まっていた。

今、僕がここにいるのは、昨日の月曜日が飛行機でこの町まで移動したからだ。帰国は明日以降、水曜日と木曜日が担当してくれることになっている。僕が一日をたっぷり観光に使えるよう、彼らが自分の貴重な一日を投じてくれたのだ。

まさか僕に――いや僕らに、こんな時が訪れるなんて。温かな感慨を抱きながら、僕はゆっくりと身体を起こす。

この旅行から帰ったら、今度は僕が他の曜日を助けることにしよう。差し当たっては、そうだ。日曜日の自動車学校にでも――そこまで考えたところで、ぴたりと動きを止めた。

「……ん」

どこからか、小さな声がした。

やけに可愛らしい、まるで寝言のような声だ。僕の背中に、冷たいものが走る。そういえば、と思う。どうして、部屋のカーテンは開いているのだろう。

(昨晩の月曜日が、閉め忘れた?)

いくらあいつでも、そんな間抜けなことがありうるだろうか。

声は、僕がこれまで視線を注がなかった、窓とは反対方向から聞こえてくるようだった。随分と近い。まるで僕のすぐ後ろ、同じベッドの上から聞こえてくるような――

(まさか月曜日の奴、また……?)

恐る恐る、視線を動かしていく。異国の窓から、瀟洒な家具の数々へ――そしてベッドの上、僕の隣へと。

「――は?」

果たせるかな、そこには僕以外の人間がいた。床に座った格好でまるで机のようにベッドに肘を突いて、そのまま寝息を立てている人間が一人。女性だった。ひどく見覚えのある、女性だった。

「……ああ」

ゆっくりと、一ノ瀬は瞼を開く。

「おはよ。あんまり起きないから、こっちがもう一度寝ちゃったよ」

その言葉を聞いて、僕は全てを理解する。

やはり、月曜日だ。あいつが余計なことを考えたのだ。嫌がらせのつもりなのか、僕に黙って、こっそりと旅行計画に強烈なスパイスを仕込みやがったのだ。

(え? っていうかあいつ、つまりここまで一ノ瀬と二人で来たの? 空の旅?)

僕は頭に血が上りかけるけれど、それはあくまで一瞬のことだった。こちらを見上げる一ノ瀬の顔を見て、何もかもがどうでもよくなったからだ。

一ノ瀬の表情は、ひどく穏やかだった。少し前まで彼女が浮かべていたものよりも、何倍も落ち着いた微笑みがそこにあった。

きっともう何年も、彼女から失われていた表情。それは何とも魅力的で、僕はついうっかり見惚れてしまう。見惚れながら、考えた。

今の彼女へ向けて、僕はいったい何を言うべきだろう。

幸せになれよ――いや、少し違うかな。

「ねえ、一ノ瀬」

「うん？」

彼女の頭に手のひらをぽんと置いて、呟いた。

「幸せに、なろうよ」

君も、僕も。僕と同じ身体を持つ、けれどどうしようもなく僕と違う六人の同居人も。

それぞれが、それぞれのやり方で、幸せになろう。

一ノ瀬はきょとんと目を見開く。大きな瞳の中で、水の都の景色が揺れた。

沈黙は、十秒ほど。彼女はそっと瞬きをすると、やはり穏やかな笑みを浮かべて――

「――十六年遅いよ」

と、言った。

〈著者紹介〉

本田壱成（ほんだ・いっせい）
2012年『ネバー×エンド×ロール ～巡る未来の記憶～』（メディアワークス文庫）でデビュー。大胆なSF設定と透き通るような青春描写で注目の書き手。近著は『終わらない夏のハローグッバイ』（講談社タイガ）。

本書は、映画『水曜日が消えた』（監督・脚本　吉野耕平）の小説版として著者が書き下ろした作品です。

水曜日《すいようび》が消《き》えた

2020年4月20日　第1刷発行　　定価はカバーに表示してあります

著者……………………………本田壱成《ほんだいっせい》

監督・脚本…………………吉野耕平《よしのこうへい》

発行者…………………………渡瀬昌彦

発行所…………………………株式会社 講談社
〒112-8001 東京都文京区音羽2-12-21
編集03-5395-3510
販売03-5395-5817
業務03-5395-3615

本文データ制作……………講談社デジタル製作

印刷……………………………豊国印刷株式会社

製本……………………………株式会社国宝社

カバー印刷…………………株式会社新藤慶昌堂

装丁フォーマット…………ムシカゴグラフィクス

本文フォーマット…………next door design

ISBN978-4-06-519490-4　N.D.C.913　287p　15cm